PAPYRUS ORIENTAL FANTASY

천봉 신무협 장편소설

북천전기 30

**초판 1쇄 발행 2024년 12월 17일**

지은이 ı 천봉
발행인 ı 최원영
편집장 ı 이호준
편집디자인 ı 박민솔
영업 ı 김민원 조은걸

펴낸곳 ı ㈜ 디앤씨미디어
등록 ı 2002년 4월 25일 제20-260호
주소 ı 서울시 구로구 디지털로32길 30 코오롱디지털타워빌란트 1301-1308호
전화 ı 02-333-2513(대표)
팩시밀리 ı 02-333-2514
E-mail ı papy_dnc@dncmedia.co.kr
블로그 ı blog.naver.com/gnpdl7

ISBN 979-11-364-5839-1 04810
ISBN 979-11-364-3596-5 (SET)

30

천봉 신무협 장편소설

# 북천전기

北天戰記

PAPYRUS
파피루스

1장

# 위기라고 생각했나?

# 위기라고 생각했나?

"불화살을 준비하거라!"

서문회가 내린 첫 번째 명령에 따라 남만군들이 화시(火矢)를 준비하기 시작했다.

서문회는 오연히 서서 이쪽을 내려다보며 서 있는 연후를 향해 싸늘히 웃어 보였다.

"천하고수도 물과 불은 어쩔 수 없는 법. 네놈이 언제까지 그곳에서 버틸 수 있는지 두고 보마. 후후후."

서문회는 일단 연후 일행을 암벽 지대 아래로 내려오게 만들 심산이었다.

그때 응숙이 다가왔다.

"바람이 심한데…… 과연 화공이 괜찮을지 걱정입니다. 자칫 바람의 방향이 바뀌기라도 하면 오히려 아군이 불길에 휩싸일 수가 있습니다."

"이런 지형에서 바람의 방향은 쉽사리 바뀌지 않는다. 설사 바뀐다 해도 피할 시간은 충분하니 걱정할 거 없다."

"……예."

"이곳은 본 좌가 지키고 있을 것이니, 너는 삼면을 포위한 병력의 대형을 다시 한번 살피고 조금이라도 빈틈이 있으면 그 즉시 보완토록 하거라!"

"알겠습니다."

응숙이 물러가자 묘인의 수장 서문홍이 다가왔다.

"바람이 저쪽으로 강하게 불고 있습니다. 하면 저희가 먼저 공격을 하는 것이 어떨는지요."

"기다려라. 너희들이 나서야 할 때는 따로 있느니라."

"그게…… 언제입니까?"

"놈들이 저곳을 벗어나 지상으로 내려올 때, 그때 나서야 한다. 위급한 상황에 처하면 제아무리 천하고수라도 집중력도 흩어질 터. 그때를 이용해 독공을 쓴다면 평소보다 더한 위력을 발휘할 수 있을 것이다."

"알겠습니다."

응숙이 묘인들이 있는 곳으로 돌아갈 때였다.

끼아악!

하늘에 독수리 한 마리가 나타났다.

서문회는 눈길 한 번 주지 않았다. 이런 광활한 밀림에서 독수리 한 마리는 대수로울 것도 없는 존재였다.

* * *

끼아악!

머리 위에서 울린 독수리의 포효에 연후는 고개를 들어 하늘을 바라봤다.

독수리 한 마리가 머리 위 상공을 선회하며 서서히 지상을 향해 내려오고 있었다.

연후의 입가에 흐릿한 미소가 걸렸다.

'제때 와 줬군.'

무심하기만 했던 철우도 웃었다.

황태가 물었다.

"갑자기 왜 웃소?"

"아군이 우리가 이곳에 있음을 확인했으니 그들이 내려올 때까지 잘 버텨 봅시다."

"그럼 저 독수리가 육손의 독수리?"

"그렇소."

"오호!"

황태가 탄성을 발할 때, 독수리는 다시 북쪽을 향해 날아올랐다.

철우가 다가왔다.
“놈들이 화시를 준비하고 있는 것 같습니다.”
“알고 있다.”
“여긴 너무 협소해서 불길이 번지기 시작하면 피할 곳이 없습니다. 차라리 공격이 시작되기 전에 내려가서 선제공격을 가하는 것이 좋지 않겠습니까?”
잠시 생각에 잠겼던 연후는 고개를 저었다.
‘여길 내려가면 야월을 포기해야 한다.’
야월은 아직 자유롭게 움직일 만한 상태가 아니었다. 자신들이 아래로 내려가 자리를 비운 상황에, 이곳에 불길이 닿는다면 야월은 꼼짝없이 당할 수밖에 없는 상황.
하지만 연후는 여전히 야월을 포기하고 싶은 마음이 손톱만큼도 없었다.
“다행히 이곳은 바위뿐이니 쉽사리 불길이 번지진 않을 거다.”
연후는 담담히 말을 이었다.
“그러니 여기서 지원이 도착할 때까지 날아드는 화살을 막아 낸다. 다만 최대한 길게 버틸 수 있도록 공력을 효율적으로 운용해야 한다.”
씨익!
그 말에 황태는 고개를 끄덕이며 씩 웃었다.
“까짓거, 한번 해 봅시다.”

야월이 한숨을 토했다.
연후는 그를 향해 한마디 더 했다.
"당신을 구하기 위함만은 아니니 쓸데없는 생각은 말고 운기조식이나 하시오. 조금이라도 빨리 회복하려면 현재로서는 그게 최선의 방법이니까."
야월이 철우를 올려다보며 손을 뻗었다.
"좀 앉혀 주겠나?"
철우가 야월을 부축했다.
야월은 곧장 가부좌를 틀고 눈을 감았다.
그리고 얼마나 흘렀을까? 남만군이 움직이기 시작했다.
때를 맞춰서 야월이 운기조식을 끝내고 눈을 떴다.
"암벽 앞쪽으로 모셔라."
"예."
철우가 야월을 부축하며 암벽의 앞쪽으로 이동했다.
혹여나 앞쪽에 화시가 떨어져 불길이 번지기라도 하면 안 되니, 암벽의 앞쪽에서부터 화살을 막아 낼 필요가 있었다.
그리고 미처 막아 내지 못한 눈먼 화살이 뒤쪽으로 날아들 가능성도 있으니, 야월 혼자만 뒤쪽에 둘 수 없었기에 내린 선택이었다.
"대지존."
연후는 야월을 돌아봤다.

"……고맙소."

"말했잖소. 공짜가 아니라고."

"그렇다 해도 고맙소."

"주군, 곧 시작될 것 같습니다."

연후는 다시 돌아섰다.

때를 같이하여 하늘이 시커멓게 변했다. 남만군의 화시 공격이 시작된 것이다.

쐐애액!

* * *

'저기서 버티겠다고?'

서문회는 암벽의 앞쪽으로 이동하는 연후 등을 응시하며 어이가 없다는 표정을 지었다.

하지만 곧 의도를 간파하고는 비웃음을 머금었다.

"언제까지 버틸 수 있는지 지켜보마. 후후후."

서문회는 곧장 명령을 내렸다.

"쏴라!"

"쏴라!"

쐐애애액!

하늘을 시커멓게 물들이며 날아가는 화시를 응시하며 서문회는 회심의 미소를 지었다.

'공력이 무한대가 아니라면 기껏해야 한 시진이 한계다. 그 전에 적의 지원 병력이 올 리는 만무하니 이 싸움은 무조건 내가 이긴다. 후후후.'

* * *

끼아악!

육손의 어깨 위로 내려앉은 독수리가 다시 남쪽 하늘로 날아올랐다.

육손이 신휘를 돌아보며 외쳤다.

"주군이 계신 곳을 찾아냈습니다! 한데 상황이 위급하니 빨리 가야 할 것 같습니다!"

"혈왕군, 전속력으로 진격한다."

"전속 진격이다!"

"전속이다!"

두두두!

신휘의 전마가 한참을 앞서 나갔다. 소무백의 전마도 명마였기에 금방 신휘의 곁을 따라붙었다.

"무사하시겠지요!"

"하늘도 그 친구는 어쩌지 못합니다."

두두두!

말은 그렇게 했지만 신휘는 불안했다.

위급한 상황이라니.

'대체 어쩌다가 그렇게 된 거야.'

소무백이 굳어지는 신휘의 얼굴을 보며 눈빛을 가라앉혔다.

'부디 무사하시기를…….'

한편 혈왕군 말고도 질주하는 이들이 있었다. 백무영과 악소, 그리고 악마도 백운과 그가 이끄는 북로검단이었다.

그리고 혈왕군의 바로 뒤에는 우문적이 이끄는 황하수련의 일만 병력이 있었다.

당초 황하수련은 사천당가에 남았어야 했지만 연후 때문에 출전한다는 말을 듣고는 총사 한송의 만류를 뿌리치고 나선 것이었다.

우문적이 두 눈은 이미 활활 타오르고 있었다.

'그 양반은 만들다가 만 남만 새끼들한테 당할 사람이 아니다!'

하지만 그 역시도 불안감이 치미는 건 어쩔 수 없었다. 게다가 의제인 황태까지 연후와 함께 있지 않은가.

불안감에 우문적은 전마의 옆구리를 사정없이 걷어찼다.

퍽퍽!

"이랴하!"

두두두!

* * *

쐐애액!

따다다다당!

하늘을 시커멓게 덮으며 날아온 화시들이 연후와 황태, 철우가 일으킨 검막에 막혀 사방으로 튕겨 날아갔다.

수천 발의 화살이 쉴 새 없이 쏟아졌으나, 검막의 크기와 범위는 처음과 전혀 변화가 없었다.

심지어 불이 옮겨붙을 만한 것도 마땅히 없는 암벽이었기에 튕겨 날아간 화시에서 불길이 빠르게 번지지도 못했다.

이대로라면 지원이 올 때까지 얼마든지 버틸 수 있을 듯 보였다.

쐐애액!

따다다당!

황태가 장포에 붙은 불을 끄고는 특유의 억세고 강한 웃음을 머금었다.

"멍청한 놈들이 이런 식으로 화살을 낭비하네. 확실히 서문회, 저 늙은이는 과대평가가 되었던 것 같소!"

"조금 더 지켜봅시다."

이미 수차례 서문회에게 승리를 거머쥐었던 연후였으나 그는 조금의 방심도 하지 않았다.

그는 쉴 새 없이 쏟아지는 화살을 막아 내면서도 결코 서문회에게서 시선을 떼지 않았다.

아니, 오히려 거듭 서문회에게서 승리했기에 방심할 수 없었다고도 할 수 있었다.

'서문회는 누구보다 나를 잘 아는 자이기도 하다.'

대규모 전투에서 전략이 미흡할 수는 있으나, 이런 화살 따위로 자신을 잡아낼 수 있을 거라 생각하고 있을 리가 없었다.

'다른 꿍꿍이가 있는 건가?'

* * *

'역시 쉬운 상대가 아니구나.'

당연히 서문회도 알고 있었다. 연후가 화살 따위로 어찌할 수 있는 상대가 아니라는 것을.

그가 노리는 바는 따로 있었다.

'네놈의 목은 내 손으로 직접 따 주마.'

화살로 연후를 어찌할 수는 없겠지만, 공력의 소모는 이끌어 낼 수 있을 터.

화살을 막느라 공력을 소모한 연후가 과연 두려워할 만

한 상대가 될 수 있을까?
공력이 바닥을 드러낸 연후를 직접 죽이는 것.
이것이 바로 서문회가 노리는 바였다.
자신의 모든 것을 무너뜨린 이연후만큼은 제 손으로 직접 찢어발기지 않고서는 분노를 가라앉힐 수 없었다.
서문회는 응숙을 돌아보며 외쳤다.
"쉬지 말고 계속 화살을 쏘아라!"
"예!"
쐐애액!
따다다당!
서문회는 화살을 막느라 여념이 없는 연후를 응시하며 싸늘히 웃었다.
그때였다.
끼아악!
독수리 한 마리가 다시 머리 위 상공에 나타났다.
하지만 서문회는 독수리에겐 눈길조차 주지 않았다. 그는 묘인의 수장 서문홍을 돌아보며 나지막이 외쳤다.
"이제 너희들이 움직여야 할 때다."
"예!"
"산공독을 먼저 쓰고, 그다음에 가장 강력한 독을 쓰도록. 알겠느냐?"
"예!"

"가라!"

묘인들이 암벽 지대를 향해 움직이기 시작했다.

서문회는 그 모습을 보며 이를 드러냈다.

'독까지 버텨 내려면 남은 공력의 대부분을 소진해야 할 터. 자! 이제 어떡할 생각이냐, 이연후!'

* * *

화르륵!

타오르는 불꽃, 그리고 끝없이 날아드는 화시.

연후와 황태, 철우의 전신은 땀으로 흥건히 젖었고, 상대적으로 공력의 정도가 약했던 철우의 안색은 이미 창백하게 변해 가고 있었다.

"빌어먹을 새끼들이 화살을 얼마나 갖고 온 거야!"

황태가 거친 숨을 토했다.

그 와중에 또다시 하늘이 시커멓게 변했다.

쐐애액!

따다다다당!

연후는 검막의 범위를 넓혔다. 서서히 지쳐 가는 철우를 돕기 위함이었다.

그때였다. 연후는 암벽 지대를 향해 은밀히 접근하는 자들의 움직임을 포착했다.

'묘인들…….'

위기가 목전을 향해 닥쳐들고 있었다.

지쳐 가는 상황에서 독공까지 감당해야 한다면 이후를 장담할 수 없게 될지도 몰랐다.

"잠시 내려갔다 올 테니 자리를 지키시오!"

"어디를……."

연후는 대답 없이 그대로 암벽을 박차고 뛰어올랐다.

동시에 그의 전신은 눈부신 백광에 휩싸였다. 광마혼을 끌어올린 것이다.

연후는 묘인들을 향해 그대로 달려들었다. 미처 그가 뛰어내리는 것을 보지 못했던 묘인들이 크게 놀라며 황급히 수중의 독탄을 던졌다.

퍼퍼펑!

독탄은 연후의 주변에서 붉은 연기를 일으키며 터졌다.

위이잉!

혈마번이 일어났다. 그리고 혈마번은 그대로 묘인 세 명의 허리를 잘라 버렸다.

퍼퍼퍽!

"크악!"

"끄아악!"

철컥철컥!

마병 월아가 송곳니를 드러냈다.

연후는 묘인들을 한가운데로 떨어져 내렸다. 그다음은 볼 것도 없었다.

퍽!

"켁!"

연후는 닥치는 대로 베고 부수고 뜯어 버렸다.

그의 움직임은 독무 안에서도 아무런 지장이 없어 보였다.

그 모습을 본 서문홍의 안색은 밀랍처럼 창백하게 변해갔다.

"만독불침!"

크아악!

"끄악!"

"빌어먹을……."

서문홍은 기가 질렸다.

연후는 지옥의 문을 열고 막 뛰쳐나온 악마, 그 자체였다.

바로 앞에서 수하 하나가 머리를 뽑히는 참혹한 죽음을 맞았다.

서문홍은 황급히 뒤로 물러섰고, 다른 묘인 두 명이 연후의 앞을 막아섰다가 상하체가 분리되어 꼬꾸라졌다.

"끄아아!"

"크악!"

"퇴, 퇴각하라!"

쾅!

서문홍이 가장 먼저 땅을 박차고 뛰어올랐다. 다른 묘인들도 일제히 뒤쪽으로 몸을 날렸다.

위이잉!

혈마번이 그들을 덮쳤다.

퍼퍼퍽!

"크악!"

"크아악!"

싸움이라고 할 수 없는 일방적인 도살이자 살육이었다.

그 시간은 지극히 짧았고, 뒤늦게 연후가 내려온 것을 알게 된 서문회가 뭘 어떻게 할 도리도 없이 지나가고 말았다.

피를 뒤집어쓴 연후는 서문회가 있는 곳을 바라봤다. 막 서문회가 땅을 박차고 뛰어오르고 있었다.

연후는 손을 들어 얼굴을 더럽힌 피를 닦아 내고는 미련 없이 돌아섰다.

'우린 아직 싸울 때가 아니다, 서문회.'

쾅!

땅을 박차고 뛰어오른 연후는 암벽 위로 가볍게 올라섰다.

"괜찮으십니까?"

"괜찮아."

"혹시…… 묘인들이었습니까?"

"그래."

"늙은 새끼, 표정 한번 볼만하네. 퉤!"

황태가 바람처럼 달려오는 서문회를 노려보며 씩 웃었다.

서문회는 연후가 되돌아간 것을 알고는 더 이상 다가오지 못한 채 땅으로 내려섰다. 퇴각하던 서문홍과 일부 묘인들이 그의 곁으로 몰려들었다.

연후는 암벽 지대 밑으로 다가오는 서문회를 직시했다. 이 상황이 시작된 이후, 둘은 가장 가까운 거리를 두고 마주 섰다.

서문회가 먼저 입을 열었다.

"네놈들은 지금 절체절명의 위기에 처했다. 설마 살아서 빠져나갈 수 있을 거라 생각하느냐!"

"우습군."

"……."

"난 한 번도 위기라고 생각해 본 적이 없는데…… 위기라고 생각했나?"

연후는 말을 하며 손을 들어 북쪽을 가리켰다.

서문회의 시선이 연후의 손끝을 좇아 북쪽을 향해 돌아

갔다.

두 기의 인마가 숲을 헤치며 달려오고 있었다. 신휘와 소무백이었다.

서문회의 두 눈이 서서히 커졌다.

제법 거리가 있어서 신휘와 소무백을 알아볼 순 없었다. 하지만 수풀 뒤쪽에 나부끼는 거대한 깃발은 한눈에 알아볼 수 있었다.

"혈왕군……!"

서문회의 입술을 뚫고 신음이 터졌다.

혈왕군이라는 말에 묘인들도 덩달아 두 눈을 부릅뜨며 경악했다.

"헉! 혀, 혈왕군!"

"구, 군사! 이제 어떡합니까?"

"걱정할 거 없다. 밀림은 우리에게 절대적으로 유리한 지형이다. 제아무리 혈왕군이라도 밀림에서만큼은 제힘을 발휘하지 못할 터. 일단 퇴각하는 척을 하면서 놈들을 유인한다."

* * *

묘인들을 공격할 때, 연후는 북쪽 숲을 헤치며 나서는 두 기의 인마를 볼 수 있었다. 그리고 그 뒤에서 나부끼는 혈왕기도.

"하마터면 골로 갈 뻔했소. 흐흐흐."

황태가 이를 드러내며 웃었다. 야월도 안도의 숨을 내쉬며 두 눈을 질끈 감았다.

철우가 조용히 물었다.

"추격하시겠습니까?"

"지금은 때가 아니다."

"하면……."

"철저히 고립시켜 뼛속까지 바싹 말라붙게 만들어야겠지. 대막과 서장무림처럼 향후 수백 년 동안 아무것도 하지 못하게끔 하려면 그래야 한다."

"서문회는……."

"자신들의 터전이 무너진 것이 전해지면 저들은 자연스럽게 서문회와 떨어지게 되어 있다. 서문회는 그때 처치해도 충분하다."

두두두!

신휘와 소무백이 지척에까지 달려왔다. 삼면이 불길에 휩싸여 있어서 멀지 않은 거리를 한참 돌아와야 했다.

신휘는 연후를 올려다봤다.

"늦은 건 아니겠지?"

"아주 적당한 때에 잘 와 줬다."

"그럼 나중에 보자고."

"잠깐."

연후는 말머리를 돌리려는 신휘를 향해 머리를 가로저었다.

"그냥 작전대로 하자, 친구."

"그냥 보내 주자고?"

"여긴 밀림이다. 적에게 유리한 공간이지. 하니 굳이 무리할 이유는 없다."

"……."

퇴각하는 적과 연후를 번갈아 응시하던 신휘가 나지막이 한숨을 토하고는 전마에서 훌쩍 뛰어내렸다.

연후는 소무백을 응시했다. 그리고 흐릿하게 웃었다.

소무백도 그저 웃을 뿐이었다.

* * *

두두두!

지축을 흔들며 내려오는 혈왕군.

서문회는 거목의 끝에서 그 모습을 바라보며 독기를 품었다.

'밀림으로 들어서면 지옥을 보여 주마.'

서문회의 옆에 응숙과 두 명의 남만군 장로가 있었다. 그들은 독기를 품은 서문회와는 달리 잔뜩 긴장한 기색이 역력했다.

서문회는 여전히 암벽 위에 서 있는 연후를 응시했다. 그러고는 조금 전에 자신을 향해 너무나도 태연하게 말하던 모습을 떠올리고는 지그시 어금니를 깨물었다.

그때 서문회의 눈에 비쳤던 연후는 태산보다 더 높고 거대했다. 지금까지 살아오면서 사람을 보고 이런 기분이 든 것은 처음이었다.

그러했기에 연후를 향한 원한은 더 깊고 커져만 갔다.

'내가 저렇게 되었어야 했거늘…….'

하늘 밑에서 가장 위대한 존재가 되는 것이 그의 꿈이었다. 그 꿈을 위해 모든 것을 쏟았고, 결국 일인지하 만인지상의 자리라 할 수 있는 장로원주의 자리까지 올랐다.

그때는 꿈이 손에 잡힐 것처럼 가까웠다.

하지만 연후가 나타나면서 모든 것은 어긋나기 시작했고, 결국 지금에까지 이르게 된 것이다.

그에 반해 연후는 어떠한가?

백야벌의 대지존이 되었으며, 자신이 그토록 갈망했던 하늘 아래의 가장 위대한 존재가 되었다.

그토록 하찮게 여겼던 북부무림은 북천이라 불리며 완전히 새로운 세상을 열었고, 중원 최강의 세력으로 올라섰다.

'너만큼은 죽이고야 말 것이다, 이연후…….'

그때였다.

"혈왕군이 진격을 멈췄습니다, 군사!"

"……!"

응숙의 나지막한 외침이 서문회의 상념을 깨트렸다.

흐릿하게 변해 가던 서문회의 두 눈이 다시 정광을 되찾았다. 뒤이어 그의 미간에 주름이 잡혔다.

'쫓아오지 않겠다는 건가!'

서문회는 연후를 찾았다.

연후는 이미 암벽을 내려와 전마에 오르고 있었다.

우르릉!

천둥소리가 은은하게 울렸다. 뒤이어 빗줄기가 떨어지기 시작했다.

그리고 뇌전이 떨어져 거미줄처럼 얽혀들 때, 연후를 비롯한 혈왕군이 말머리를 북쪽으로 돌렸다.

바르르…….

서문회의 두 눈이 가늘게 흔들렸다.

거미줄을 쳐 놓고 걸려들기를 기다렸건만 의도는 완벽하게 빗나가고 말았다.

**위기라고 생각했나?**

연후의 오만한 목소리가 그의 머릿속을 뒤흔들기 시작했다.

* * *

사천당가.

야월은 귀환하기가 무섭게 동방리에게 맡겨졌다. 그의 부상은 심각하다 못해 치명적이었다.

동방리는 밤을 새워 야월을 치료했고, 새벽녘이 되어서야 거처로 돌아올 수 있었다.

거처로 들어선 동방리가 살짝 눈을 치떴다. 연후가 기다리고 있었던 것이다.

"살릴 수 있겠소?"

"워낙에 부상이 심각해서 이틀 정도 지켜봐야 할 것 같아요."

동방리가 연후의 맞은편에 앉았다.

"저도 한 잔 주세요."

연후는 서령을 응시하며 말했다.

"너도 앉지?"

"눈치 없는 사람이 되라고요?"

"충분히 없잖아."

"흥!"

서령이 콧방귀를 끼고는 동방리의 옆에 앉았다. 그런 서령의 옷 곳곳에는 혈흔이 가득했다. 동방리를 돕느라 그리된 것이었다.

연후는 두 여인의 잔에 술을 따랐다.

쪼르륵.

서령이 물었다.

“월가의 가주는 죽어 사라지는 것이 도움이지 않나요?”

“한때는 그렇게 생각한 적도 있었지.”

“지금은요?”

연후는 술을 한 잔 비웠다.

탁.

“이런 생각을 해 봤다. 백야벌의 대지존을 넘어 중원무림의 진정한 지존이 되려면 나와 척을 진 사람까지도 배척하지 않고 진심으로 포용해야지 않을까 하는…….”

“당신하고는 전혀 어울리지 않네요.”

쿡!

동방리가 서령의 옆구리를 손가락으로 찔렀다. 하지만 서령은 멈추지 않았다.

“만약 야월이 변하지 않으면요?”

연후는 흐릿하게 웃으며 술 한 잔을 더 비웠다. 동방리가 그의 빈 잔에 술을 채워 주었다.

연후는 다시 술잔을 기울이며 말을 이었다.

"그 질문에 대한 답은 다음에 하도록 하지."

"지금 해 줘요!"

"그만해요."

쿡!

동방리가 눈에 힘을 주고서야 서령은 코를 실룩이고는 술잔을 입으로 가져갔다.

동방리가 웃으며 말했다.

"잘하셨어요. 치료를 하면서 느낀 분위기가 이전과는 많이 달라진 것 같았어요. 어떤 사람은 제게 눈물까지 비치더군요. 저는 가주께서 당신의 진심을 받아 주실 거라 믿어요."

"고맙소."

"우리 해가 뜰 때까지 마셔 볼까요?"

"저도 끼워 줘요?"

"물론이죠."

"좋아요. 그럼 나가서 술을 더 갖고 올게요."

밖으로 나서던 서령이 움찔했다. 문 앞에 철우가 서 있었던 까닭이다.

"같이 한잔하시죠?"

"……난 됐소."

"되긴 뭐가 돼요. 얼른 들어가요."

서령이 철우를 밀었다. 엉겁결에 안으로 들어선 철우를

향해 동방리가 웃으며 말했다.

"어서 앉으세요."

"전 괜찮습니다."

연후가 나섰다.

"앉아서 한잔해."

"……예."

* * *

한 차례 폭풍이 지나간 후, 중원무림과 남만은 다시 교착 상태로 접어들었다.

시간이 점점 흐르면서 연후의 의중을 두고 말이 나오기 시작했고, 강경파들이 불만을 토로하며 내분의 조짐마저 일고 있었다.

보고를 통해 군영의 분위기를 인지하고 있었던 연후가 수습에 나서지 않자 측근들마저 의아해하기 시작했는데…….

신휘의 막사.

신우가 그를 찾아왔다.

"군영의 분위기가 어수선합니다. 한데 주군께서는 왜 수수방관하시는지 모르겠습니다."

"생각이 있어서 그러는 걸 테니 신경 쓸 거 없다."

"하지만 이대로 더 흘러가면 내분이 일어날 수도 있지 않겠습니까?"

"내분?"

피식.

"감히 누가."

신휘는 흐릿하게 웃으며 찻잔을 입으로 가져갔다.

딸그락.

"훈련은 제대로 되어 가고 있나?"

"예. 귀령가의 여부대와 검가의 돌격 부대가 북로검단의 훈련에 동참하고 있습니다."

"다른 곳은?"

"두 가문 말고는 아직 함께하겠다는 의사를 표한 곳이 없습니다. 다만 각각 정해진 훈련장에서 열심히 훈련에 임하고는 있습니다."

"한번 가 볼까?"

"제가 모시겠습니다."

신휘와 신우는 막사를 나와 훈련장으로 향했다. 사천당가가 워낙에 넓은 부지를 갖고 있어서 각 가문이 부대단위로 훈련을 하는 데 전혀 지장이 없었다.

신휘가 향한 곳은 북로검단의 훈련장이었다.

다른 곳에 비해 상대적으로 높은 곳에 위치하고 있어서

사천당가의 전경을 한눈에 볼 수 있는 곳이었다.

"으합!"

"얏!"

까가강!

"이봐! 좌측이 너무 느리잖아! 빨리빨리 움직이라고!"

백운의 목소리가 주변을 쩌렁쩌렁 울렸다.

그는 북로검단은 물론이고, 귀령가와 검가의 훈련을 함께 담당하고 있었다. 물론 귀령가와 검가의 요청에 의한 것이었다.

잠시 후 훈련장으로 신휘가 들어서자 백운이 훈련을 중단시키고 머리를 조아렸다.

"어서 오십시오, 대원수."

"여기서는 대공이라 칭해. 헷갈리지 않게."

"예, 대공. 한데 어쩐 일이십니까?"

"잘하고 있나 보러 왔지."

신휘가 안으로 들어서자 북로검단과 두 가문의 부대가 군례를 취했다.

충!

"수고 많소."

신휘를 바라보는 두 가문의 무사들은 경외감이 가득했다. 신휘는 연후만큼이나 무사들의 추앙을 받고 있는 존재였다.

"훈련을 하는 데 불편하다거나 부족한 건 없나?"

"없습니다!"

후드득.

대답이 어찌나 쩌렁쩌렁한지 훈련장 주변의 나무에서 나뭇잎이 떨어져 내렸다.

그때 검가의 한 무사가 외쳤다.

"언제 공격에 나서는 겁니까!"

"싸우고 싶나?"

"예! 하루빨리 적을 물리치고 싶어 온몸이 다 근질거립니다!"

"하하하!"

무사들이 웃음을 터트렸다.

신휘도 빙그레 웃었다.

"대지존께서 다 생각이 있으시니 근질거려도 조금만 참도록 해. 그 전에…… 실력이나 한번 볼까?"

신휘는 백운을 돌아보며 말을 이었다.

"비무를 준비해 봐."

"알겠습니다."

백운이 비무를 준비할 때, 신휘는 훈련장 위쪽의 연단으로 올라가 자리를 잡고 앉았다.

"아우야."

"예, 형님."

“가서 혈왕군 열 명만 데려와야겠다.”

“알겠습니다.”

* * *

연후는 야월의 거처로 향했다.

철우가 곁을 따랐다.

“그 친구가 훈련장에 있다고?”

“예. 지금 비무를 통해 각 가문의 실력을 점검 중이라고 하십니다.”

“심심했던 모양이군.”

“교착 상태에 불만을 토로하는 사람들이 늘어나고 있는 추세인데…… 괜찮겠습니까?”

“생각이 있으니 기다려 봐.”

잠시 후 연후가 거처의 정문에 이르자 월가의 무사들이 벌떡 일어나 군례를 취했다.

“충!”

“가주를 좀 볼까 하는데.”

“모시겠습니다.”

연후는 한 무사의 안내를 받으며 안으로 들어섰다. 들어서는 순간, 진한 약 냄새가 그의 후각을 찌르고 들어왔다.

"대지존을 뵙습니다!"
"충!"
거처 안의 무사들이 머리를 조아렸다.
연후를 바라보는 그들의 눈빛과 표정은 확연히 과거와 달라져 있었다. 적진까지 들어가 자신들의 주군을 구해 준 것에 대한 감사와 경외감이 묻어났다.
연후는 열린 문 너머로 보이는 동방리의 뒷모습을 응시하며 옅은 미소를 머금었다. 그를 먼저 발견한 서령이 눈인사를 건넸다.
연후가 안으로 들어서자, 침상에 걸터앉아서 치료를 받고 있던 야월이 그를 응시했다.
동방리도 뒤늦게 연후를 보고는 일어섰다.
"오셨어요?"
"좀 어떻소?"
대답은 야월이 했다.
"동방 가주 덕분에 하루가 다르게 좋아지는 것 같소."
"차를 준비할게요."
동방리와 서령이 자리를 피해 줄 요량으로 밖으로 나가자, 연후는 의자를 끌어와 야월의 맞은편에 앉았다.
"검은 언제쯤 잡을 수 있을 것 같소?"
"가주의 말씀으로는 한 달은 지나야 할 것 같다는데…… 최대한 빨리 회복하도록 노력해 보겠소."

"너무 무리하진 마시오. 딱히 급한 것도 없으니까."

연후의 그 말에 야월이 눈빛을 고치며 물었다.

"적을 언제까지 이대로 내버려 둘 생각이시오? 추위에 약한 놈들이니 겨울이 가기 전에 끝장을 보는 것이 최선일 듯한데……."

"적은 내가 알아서 할 터이니 가주는 회복에 전념토록 하시오."

"필요하다면 본 가의 병력을 더 불러들이겠소."

연후는 야월의 표정에서 충분히 알 수 있었다. 그의 내면에 쌓여 있는 진한 복수심을.

하지만 월가의 병력이 더 필요하지는 않았다. 그건 추후 북벌에 나설 때를 대비해 아껴 두는 것이 좋았다.

'이쯤에서 얘기를 해 주는 것이 나을 지도.'

연후는 말을 이었다.

"서문회가 의지할 곳은 이제 남만뿐이오. 해서 그를 공격하기 전에 먼저 그의 팔다리를 모조리 잘라 놓을 것이오."

"……."

"곧 남만 본토가 불바다가 될 것이오. 추후 불러들인 병력은 그것 때문이었소."

야월이 두 눈을 치떴다.

오만에 달하는 병력이 군사 현진과 함께 어디론가 떠난

지 제법 되었다. 다만 모두는 적의 지원군을 중도에 차단할 목적으로 남쪽 어딘가에 매복하고 있을 거라 여기고 있었다.

그건 야월을 비롯한 대부분의 수뇌부들이 그러했다.

"하면 군사가 이끌고 간 병력이……."

"그렇소. 그들이 곧 적의 본토를 치고 들어갈 것이오. 가는 길에 특별한 일만 생기지 않았다면 벌써 전투가 시작되었을 수도 있을 것이오."

파르르…….

야월은 눈빛을 떨었다.

그야말로 아군조차 속인 작전이었다.

'성공만 한다면 적은 대혼란에 빠질 수밖에 없을 터. 놀랍구나. 이렇게까지 치밀할 수 있다니…….'

연후가 말을 이었다.

"대공을 보낼까도 싶었지만 그가 사라지면 적이 의심을 할 것 같아 상대적으로 적이 신경을 덜 쓰고 있을 군사를 보낸 것이오."

야월은 자신도 모르게 고개를 끄덕였다.

그러고는 다른 것을 물었다.

"나를 구해 준 것이 공짜가 아니라고 했는데…… 뭘 원하는지 물어봐도 되겠소?"

"그건 차차 얘기합시다. 다시 말하지만 회복에만 전념

토록 하시오. 그럼.”

연후는 자리를 털고 일어섰다.

그가 문 앞에 이르렀을 때, 야월이 말했다.

“아직 하지 못한 말이 있소.”

연후가 돌아서자 야월이 말을 이었다.

“고맙소.”

연후는 담담히 웃으며 화답했다.

“우린 한편이지 않소.”

* * *

야월은 창을 통해 연후의 뒷모습을 응시하며 눈빛을 가라앉혔다.

**우린 한편이지 않소.**

연후의 목소리가 머릿속에서 맴돌았다.

‘단 한 번도 그렇게 생각한 적이 없었는데…….’

그러했다.

지금까지 야월에게 연후는 극복하고 무너뜨려야 할 대상이었다. 단 한 번도 같은 편이라는 생각은 해 본 적도 없었다.

야월은 적진에서의 연후를 떠올렸다.

'설사 내게 바라는 것이 있다 하더라도, 목숨을 걸고 타인을 구해 준다는 것은 결코 쉽지 않은 일이거늘…….'

입장을 한 번 바꿔서 생각을 해 보았다. 과연 자신이 연후라면 그렇게 할 수 있을까?

야월은 고개를 가로저었다.

그때 누군가 안으로 들어서는 기척이 전해졌다. 동방리와 서령이 돌아온 것이었다.

야월의 눈빛이 한 차례 흔들렸다. 동방리의 손에 들려 있는 침통을 본 것이다.

가장 확실한 치료법이지만 가장 고통스럽기도 한 그것은 천하고수인 야월조차도 견디기 힘든 것이었다.

그건 적과 싸우다가 칼에 맞는 것과는 다른 의미의 고통이었다.

"시작하셔야죠?"

"침술은…… 언제까지 받아야 하는 것이오?"

"한 닷새는 더 받아야 할 것 같은데…… 왜 그러세요?"

"……아무것도 아니요."

야월이 침상에 걸터앉았다.

서령이 그 모습을 보며 피식 웃었다.

'저런 냉혈한도 아픈 건 싫은 모양이네?'

동방리가 의자를 끌어다가 야월의 앞에 앉으며 침통을

열었다.

“오늘부터는 조금 더 아플 거예요. 그래도 효과는 훨씬 좋으니 참으세요.”

“…….”

* * *

남만 북부의 곡창 지대.

광활하게 펼쳐진 전답 너머가 새카맣게 물들어 가기 시작한 것은 태양이 서쪽으로 넘어갈 초저녁 무렵이었다.

“저, 저게 뭐야!”

“군, 군사들인 것 같은데?”

밥을 짓느라 여념이 없던 남만인들이 저마다 어리둥절한 표정으로 전답 너머를 응시했다.

그러기를 얼마나 지났을까?

둥둥둥!

갑자기 고을 뒤쪽에서 북소리가 울리더니 사방에서 무사들이 뛰쳐나오기 시작했다.

“모두 성안으로 들어가시오!”

“적이 쳐들어왔으니 속히 성안으로 대피하시오!”

“이게 무슨 일이야! 적이 쳐들어오다니!”

“아아악!”

"엄마아!"

마을은 순식간에 혼란에 휩싸였다. 사람들은 저마다 앞다퉈 가며 성을 향해 달렸고, 남만의 무사들은 새카맣게 밀려드는 대군을 응시하며 두려움에 몸을 떨었다.

"뭐가 저렇게 많아?"

"으……."

그때였다.

쐐애애액!

하늘이 시커멓게 변했다. 뒤이어 불꽃을 머금은 화살이 소낙비처럼 쏟아져 내렸다.

퍼퍼퍼퍽!

"크악!"

"으아악!"

화르륵!

죽어 가는 자들과 어떻게든 살아남기 위해 도망치는 자들의 비명과 함께 주변 일대는 순식간에 불바다로 화했다.

* * *

성루에 올라 북쪽을 바라보는 중년인의 눈빛이 세차게 흔들렸다.

"중원무림이 어떻게 여기까지……. 저들이 이곳까지 오는 동안에 아군은 대체 무엇을 했단 말이냐!"

"성주! 적의 병력이 어마어마합니다! 속히 후방에 지원을 요청해야 합니다!"

"서둘러라!"

"예!"

둥둥둥!

북소리는 끊이지 않고 울려 댔고, 수많은 무사가 성곽 위로 올라와 방어 태세를 갖춰 갔다.

뿌우우!

성문 뒤쪽으로는 거대한 코끼리로 이루어진 상군이 집결하고 있었다.

상군의 수장이 성주를 올려다보며 외쳤다.

"성문을 열어 주십시오! 저희가 나가서 무참히 짓밟아 버리겠습니다!"

"대기하라!"

"성주!"

"대기하래도!"

성주는 다시 북쪽으로 시선을 돌렸다. 그러다가 흠칫하며 두 눈을 부릅뜬 것은, 어느새 가까운 곳까지 다가와 우뚝 서 있는 한 사람을 보았을 때였다.

거대한 화염을 등지고 선 그가 성주의 눈에는 마치 악

귀처럼 보였다.

현진이었다.

2장

# 남만 침공

# 남만 침공

화르륵!

현진은 화염 너머로 보이는 성곽을 응시하며 실소를 머금었다.

'이런 자들이 중원을 넘봤다니…….'

눈앞의 성은 남만의 왕도로 가는 최후의 관문이었다. 당연히 엄청난 병력이 있음은 물론이고, 방어망이 대단했어야 했다.

하지만 현진의 눈에 비친 저곳은 파도가 한 번 쓸고 지나가면 금방 사라질 모래성처럼 보였다.

'하긴 이들은 운남성만 원했지. 허튼 꿈을 불어넣은 것은 서문회이니까.'

철그럭!

쇳소리와 함께 북궁천과 백도량이 현진의 곁으로 다가왔다.

북궁천이 말했다.

"적의 움직임이 예상보다 소극적인 것 같습니다."

"그럴 수밖에요. 우리가 이곳까지 쳐들어올 거라고는 감히 누구도 예상하지 못했을 테니까요. 중원은 그만큼 먼 곳이 아닙니까."

북궁천은 묵묵히 고개를 끄덕였다.

원정군의 총사는 그였다. 하지만 그는 현진을 무척 존중했다. 그러했기에 거의 모든 작전을 수용하고 맡겼다.

백도량이 물었다.

"전투를 시작하기 전에 먼저 항복을 권유해 봄이 어떠할는지요?"

현진이 말없이 쳐다보자 백도량이 말을 이었다.

"남만왕이 이끄는 대군이 궤멸당했다고 하면 큰 혼란에 휩싸이게 될 터. 하면 피를 흘리지 않고도 승리할 수 있을 것입니다."

"흠……."

현진은 슬며시 미간을 좁히며 잠시 생각에 잠겼다.

하지만 그 시간은 그리 길지가 않았다.

"알겠습니다. 하면 일단 사자를 보내어 군사의 계책을 써 보도록 하겠습니다."

"감사합니다."

잠시 후 검가의 고수 두 명이 백기를 들고 성을 향해 달려 나갔다.

현진과 북궁천은 나란히 서서 그 모습을 지켜보았다. 북궁천이 물었다.

"저들이 항복할 것이라 보십니까?"

"글쎄요. 일단 지켜보시지요."

대답은 그렇게 했지만 현진은 회의적으로 보고 있었다.

남만의 왕도로 이어지는 최후의 관문을 지키고 있던 이들이니만큼 그 자부심이 상당할 터였다. 제대로 싸워 보기도 전에 쉽사리 항복하진 않을 가능성이 높았다.

현진의 예상은 곧 현실로 드러났다.

사자들이 성곽에 가까워지기도 전에 적은 화살 세례를 퍼부었다.

"쏴라!"

쐐애액!

전쟁 중인 적국일지라도 사자는 죽이지 않는 것이 동서고금을 막론한 관습이자 불문율이었다.

이를 무시한다는 것은 이들의 의지가 어떠한지를 단적으로 보여 주는 것이었다.

계책을 냈던 백도량의 얼굴이 무겁게 굳어 갔다. 북궁천이 그의 어깨에 손을 얹으며 눈짓으로 위로했다.

현진이 뒤를 돌아보며 담담히 외쳤다.
“공격 명령을 전하라!”
“예!”
무사 두 명이 하늘을 향해 신호탄을 쏘아 올렸다.
피유유!
두 발의 신호탄이 까마득한 높이까지 올라가 파란 연기를 뿜으며 터졌다.
펑펑!
북궁천과 백도량은 선봉 부대로 돌아갔다.
현진은 호위들과 함께 중군으로 향했다. 중군에는 커다란 마차가 있었고, 현진은 그 위에 올라 섭선을 펼쳤다.
차르륵!
화르륵!
화염은 점점 더 사납게 커져 가고 있었다.

**이번만큼은 잔혹하게 할 필요가 있다.**

현진은 연후의 목소리를 떠올리며 눈빛을 가라앉혔다. 그는 연후가 원하는 것이 무엇인지 너무나도 잘 알고 있었다.
‘중원을 위해서라면…….’
현진은 누구보다 전쟁을 싫어했다.

하지만 이번만큼은 연후의 말처럼 잔혹해지기로 결심했다. 다시는 넘보지 못하게 하려면 그것만큼 확실한 방법이 없다는 것에 그 또한 동의하고 있었다.

그러했기에 이곳으로 오면서 가장 잔혹한 계책을 마련했고, 그에 따라 병력이 움직이는 중이었다.

그 첫 번째가 바로 기습이었다.

'남만이여, 부디 나를 원망하지 말거라.'

* * *

남쪽.

성곽까지 이어지는 길목에는 사천보다 더한 밀림이 자리하고 있었다.

그곳에 오천에 달하는 검가의 병력이 은밀히 몸을 숨긴 채 공격 명령이 떨어지기만을 기다리고 있었다.

그리고 좌측으로 오백 장쯤 떨어진 곳에 혈가와 귀령가의 병력이 각각 오천씩 대기하고 있었다. 그들은 이미 어젯밤에 이곳에 도착해 있었다.

평소에 사이가 좋지 않았던 두 가문의 무사들은 서로를 힐끗거리며 공격 명령이 떨어지기를 기다렸다.

'우리가 더 큰 전공을 세워야 한다!'

이것이 공통된 생각이었다.

휘이잉!

바람이 거세게 불고 있었다.

바람을 타고 흘러든 연기가 안개처럼 숲 아래로 깔려 들기를 얼마나 지났을까?

펑펑!

하늘에 두 발의 폭죽이 터졌다. 총공격을 의미하는 신호탄이었다.

각각 부대를 책임지고 있는 두 가문의 전주들이 서로를 향해 눈짓을 주고받았다.

"갑시다."

"알겠소."

사사사삭!

두 가문의 무사들이 밀림을 헤치며 전진하기 시작했다. 거의 동시에 검가의 무사들도 성을 향해 진격을 시작했다.

쿠쿠쿵!

우지끈!

이미 전투가 시작된 걸까?

성 너머 북쪽에서 굉음이 터지기 시작했다.

혈가의 전주가 회심의 미소를 지었다.

"남쪽은 신경조차 쓰지 않고 있군그래. 후후후."

"검가나 귀령가보다 우리가 먼저 진입해야 하지 않겠

습니까?"

"당연하지. 속도를 올려라!"

사사사삭!

혈가가 먼저 치고 나가자 귀령가도 질세라 속도를 올렸다.

귀령가의 전주는 자신을 돌아보며 웃고 있는 혈가의 전주를 노려보며 코웃음을 쳤다.

"흥! 누가 더 강한지 보여 주마."

"귀신 놀이나 열심히 하라고! 후후후!"

"전장에서 가까이 오지 마라. 내 검에는 눈이 달려 있지 않으니까."

"내가 할 소리."

그때였다.

"잡담이나 할 때가 아니니 집중들 하시오, 시주들!"

한 줄기 굵직한 음성과 함께 숲 위쪽으로 솟구쳐 오르는 자들이 있었다.

무림맹주 혜몽을 비롯한 소림의 무승들이었다. 그 뒤를 쫓아 화산파와 무당파를 비롯한 구대문파의 무사들이 맹렬히 달려 나갔다.

혈가의 전주가 소리쳤다.

"이봐! 너희들은 다른 방향이잖아!"

"아미타불. 이쪽이 더 빠른 것 같소이다. 껄껄껄!"

혜몽의 웃음소리가 꼬리를 물고 늘어졌다. 그의 경공술은 그만큼 대단했다.

혈가의 전주가 이마에 주름을 잡았다.

'저런 잡것들이…….'

* * *

콰과쾅!

사천당가의 화시가 위력을 발휘했다.

공성전에 대비하여 이천에 달하는 사천당가의 무사들이 함께 왔는데, 그들이 날리는 화살에는 벽력탄과 맹화유를 담은 작은 통이 달려 있었다.

콰르륵!

"으악!"

"크아악!"

"더 크게 번지기 전에 속히 불을 꺼야 한다!"

성 너머의 남만군은 대혼란에 빠졌다.

사천당가는 성곽 위의 무사들이 아닌 성 너머의 전각들을 노렸다.

그 결과 곳곳에서 불길이 치솟았고, 바람이 더해지면서 급격하게 번져 가고 있었다.

모든 것은 현진의 계책이었다.

그는 중군에서 전장을 응시하며 이후에 벌어질 상황을 머릿속에 그려 나갔다.

'남쪽에서 병력이 올라오기 전에 저 성을 함락시켜야 한다. 그러면 이 전쟁은 쉽게 마무리 지을 수 있다.'

콰콰쾅!

"크악!"

"으아악!"

벽력탄이 터진 곳에서 비명과 함께 추락하는 남만군들이 속출했다.

사천당가의 무사들, 바로 뒤에서 북궁천이 이끄는 선봉부대가 기회를 노리며 대기하고 있었다.

현진은 모든 것이 뜻대로 되어 간다 확신하며 느긋하게 물로 목을 축였다.

'이곳에 정신이 팔려 남쪽은 신경조차 쓰지 못하고 있을 터. 이 전쟁은…… 곧 아군의 승리로 막을 내리게 될 것이다.'

그러했다.

현진이 무모하리만큼 정면 공격을 선택한 것은 바로 적으로 하여금 정면에 집중토록 하기 위함이었다. 그때를 이용하기 위해 세 가문의 병력은 이미 남쪽 밀림 지대로 보내 둔 상태였다.

'곧 시작되겠군.'

아니나 다를까.

"적이 남문을 넘어섰다!"

"남문에 적이다!"

"으아아!"

성 너머에서 혼란이 일었다. 세 가문의 병력이 남문을 넘어 성내로 진입한 모양이었다.

현진은 마차에서 내려 전마에 올랐다. 그러고는 북궁천이 있는 곳으로 달려 나갔다.

두두두!

뇌검과 그의 수하들이 현진의 뒤를 따랐다.

현진이 뇌검을 돌아보며 외쳤다.

"성문이 열리면 그때를 이용해 우측 성곽을 타고 넘어가 적의 심장부를 타격해라!"

"알겠습니다!"

두두두!

잠시 후 현진은 북궁천의 곁에 이르러 전마의 고삐를 당겼다.

"성문이 열리면 곧장 치고 들어가십시오."

"알겠습니다."

그 와중에도 성 너머에서는 혼란에 빠진 적들의 아우성이 터져 나오고 있었다.

그때였다.

끼끼끼…….

철판을 둘러놓은 육중한 성문이 서서히 벌어지기 시작했다.

스르릉!

북궁천이 검을 뽑아 치켜들며 공력을 담아 외쳤다.

"준비하라!"

처처처척!

검가의 정예들이 일제히 돌격 태세를 갖췄다.

현진은 검을 뽑는 백도량을 돌아보며 말했다.

"군사께서는 저와 함께 계시지요."

"아닙니다. 제가 있어야 할 자리는 가주의 곁입니다. 하면 안에서 뵙도록 하겠습니다."

백도량이 북궁천의 곁으로 나아가자 현진은 뇌검을 돌아봤다. 시선이 마주치자 뇌검은 고개를 끄덕이고는 수하들과 함께 우측으로 빠져나갔다.

현진은 반쯤 열려 가는 성문 너머로 보이는 아비규환의 현장을 응시하며 나지막이 숨을 토했다.

그러고는 그 역시도 북궁천의 곁으로 다가갔다.

북궁천이 두 눈을 치떴다.

"군사께서는 뒤에 남으시지요."

"아닙니다. 당연히 저도 한 팔 거들어야지 않겠습니까."

'이건…….'

북궁천은 내심 흠칫했다. 현진에게서 은은한 마기가 흘러나오는 것을 느낀 탓이었다.

"가주! 성문이 열렸습니다!"

백도량의 외침에 북궁천은 치켜든 검을 앞을 향해 뻗으며 외쳤다.

"돌격하라!"

두두두!

북궁천을 선두로 검가의 정예들이 맹렬히 달려 나갔다.

하지만 가장 먼저 치고 나간 이는 현진이었다. 그는 성문이 아닌 단숨에 성곽 위로 뛰어오르며 검은 연기를 일으켰다.

그를 향해 날아든 화살들이 불꽃을 내며 튕겨 날아갔다.

따다다당!

"크아악!"

"으아악!"

검은 연기에 휩싸인 남만군들이 처절한 비명과 함께 추락했다.

예상하지 못한 현진의 움직임에 북궁천은 놀람을 감추지 못했다. 현진이 고수라는 건 이미 알고 있었지만 이런 식으로 움직일 거라고는 상상조차 하지 못했다.

그때 현진이 북궁천을 향해 외쳤다.

"저는 괜찮으니 작전대로 움직여 주십시오!"

"알겠습니다!"

두두두!

북궁천이 가장 먼저 성문을 넘어섰다.

이미 성안은 세 가문의 무사들이 들이치면서 혈전이 벌어지고 있었다.

"쳐라!"

콰지직!

"크악!"

"으아악!"

검가의 정예들은 강했다. 그들은 성문을 넘어서기가 무섭게 돌격 대형을 갖추며 적들의 중심을 파고들었다.

북궁천은 양 떼 속에 뛰어든 한 마리 사자였다. 누구도 그의 검을 막아 내지 못했고, 조금의 시간이 흐른 뒤에는 피하기에 급급했다.

현진은 성루에서 전장을 내려다보며 나지막이 숨을 골랐다.

"후우……."

호위장이 다가오며 말했다.

"예상보다 빨리 마무리될 것 같습니다, 군사."

"그래, 그렇겠구나."

현진의 입가에 흐릿한 미소가 번져 가는 순간이었다.

* * *

휘이잉!

사천성 남부.

삼만에 달하는 대군이 북쪽을 향해 움직이고 있었다. 붉은색 바탕에 황금색으로 별을 수놓은 깃발은 그들이 남만군임을 말해 주고 있었다.

쿵! 쿵!

수백 마리의 코끼리로 이루어진 상군이 선두에서 길을 내며 대군을 이끌었다.

쿵!

뿌아아!

진로를 방해하는 모든 것들을 짓밟으며 나아가는 코끼리들은 이전과는 달리 얇은 사슬을 온몸에 두르고 있었다.

서역의 문물을 받아들여 만들어진 그것은 적의 무기로부터 코끼리를 보호하는 최강의 갑주였다.

"여기까지 올라오는 동안에 아무런 저항조차 없는 것을 보니 형님께서 제대로 터를 내신 것 같구나!"

대군을 이끄는 중년인의 얼굴에 흡족함이 묻어났다. 말

처럼 운남성을 지나 사천성까지 올라오는 동안에 그 어떤 공격조차 없었다.

다만 올라오면서 약탈을 자행하는 바람에 시간이 며칠이나 지체되었다.

하지만 중년인은 아랑곳하지 않았다. 왕의 질책 또한 걱정하지 않았다. 바로 그가 남만왕의 동생이기 때문이었다.

푸우우!

코끼리들이 코를 들어 거친 숨을 토하자 중년인은 전군에 휴식을 명했다.

호위들이 그가 머물 자리를 마련하고 바구니에서 온갖 음식과 술을 꺼냈다.

"중원 땅에서 마시는 술맛은 역시 기가 막히는구나. 하하하!"

"머지않아 이 광활하고 비옥한 사천성도 대군께서 친히 다스리게 될 것입니다!"

"암! 당연히 그래야지. 형님께서 그리하실 거라 약조를 하셨으니까. 하하하!"

"미리 감축드립니다, 대군!"

중년인, 대군은 연신 호탕하게 웃으며 술잔을 기울였다. 무사들도 건량으로 허기를 달래며 모처럼의 휴식을 만끽했다.

그러기를 한 시진쯤 지났을까?

허공을 가르며 시커먼 구슬 수백 개가 날아들었다. 구슬은 진영 한복판에 떨어졌고, 이내 폭음과 함께 화염을 일으켰다.

콰콰콰콰쾅!

"크아악!"

"으악!"

느긋하게 술잔을 기울이던 대군은 난데없는 상황에 자리를 박차고 벌떡 일어섰다.

"무슨 일이냐!"

"적의 기습인 것 같습니다!"

"속히 전투태세를 갖춰라! 어서!"

"전투태세를 갖춰라!"

콰콰콰쾅!

"크아악!"

"으악!"

두 번의 공격에 이어 이번에는 수천 발의 화살이 날아들었다.

쐐애액!

퍼퍼펑!

"크악!"

"독이다!"

"으아악!"

* * *

남만군이 휴식을 취하고 있는 벌판의 좌우측 숲에서 중원연합군의 무사들이 벌 떼처럼 모습을 드러냈다.

좌우 각각 일만씩, 도합 이만에 달하는 병력의 기습은 파괴적이고도 치명적이었다.

게다가 개개인의 무력 차가 심해서 남만군은 순식간에 대혼란에 빠져들었다.

"모조리 부숴 버려!"

"개새끼들이 여기가 어디라고 기어 올라와! 쳐라!"

콰지직!

까가강!

"크아악!"

"으악!"

"대군! 적의 수가 너무 많습니다!"

"대군! 좌측 방어선이 무너졌습니다!"

"우측도 무너졌습니다!"

바르르…….

대군의 얼굴이 경련을 일으켰다.

최초 공격이 시작되고 불과 두 시진도 채 지나지 않았

는데 좌우측 방어선이 무너지다니.

'아무리 기습이라도 이렇게까지 허망하게 무너지다니…….'

말로만 들었던 중원무림.

이 세상 최고의 무인들이 살아가는 곳이라는 세간의 평은 익히 들어왔지만, 대군은 그것이 과장된 소문이라 생각해 왔었다. 자신이라면 능히 그들과 자웅을 겨룰 수 있으리라 여겼다.

"대군! 더 늦기 전에 퇴각하셔야 합니다!"

"퇴각이라니! 여기까지 와 놓고 어찌 그냥 물러간단 말이냐! 차라리 북쪽으로 갈 것이다!"

"북쪽은 이미 완벽하게 차단을 당했습니다!"

"뭣이……!"

콰지직!

"크아악!"

"끄아악!"

처절한 비명이 멀지 않은 곳에서 터졌다.

돌아보니 중원의 무사들이 눈에 보이는 곳까지 짓쳐들어오고 있었다.

"대군!"

꽈악!

대군은 어금니를 악물었다.

'검 한 번 휘둘러 보지 못하고 물러가야 하다니…….'

믿기지 않는 일방적인 패배. 어쩌면 이는 남만의 역사에 최악의 수치로 기록될지도 모를 일이었다.

하지만 어쩌랴. 목숨이라도 구해야 하는 것을.

"퇴각한다!"

"퇴각한다! 퇴로를 뚫어라!"

뿌우웅!

퇴각을 알리는 나팔 소리가 길게 울려 퍼졌다. 퇴각 명령이 떨어지자 남만군들은 혼비백산하여 남쪽으로 물러서기 시작했다.

그 와중에 미처 빠져나가지 못한 자들은 중원연합군의 먹잇감이 되고 말았다.

"하찮은 것들이 감히……."

퇴각하는 남만군을 응시하며 싸늘히 비웃는 중년인은 월가의 전주였다. 그는 연후의 명령으로 이미 오래전부터 이곳에 매복을 한 채 남만군의 후발대를 기다리고 있었다.

월가의 전주가 다가왔다.

"대지존께서 추격을 하지 말라 하셨소?"

"그렇소. 적이 퇴각하면 굳이 추격하지 말라고 하셨으니 이쯤에서 돌아갑시다."

월가의 전주는 허겁지겁 퇴각하는 남만군을 응시하며

아쉬움을 드러냈다.

하지만 연후의 명령이니 따를 수밖에 없었다.

월가의 전주가 좌측을 돌아보며 소리쳤다.

"쫓지 말라는 신호를 보내거라!"

"예!"

쐐애액! 퍼펑!

하늘에 두 발의 폭죽이 터졌다. 추격 중지를 알리는 신호탄이었다.

남만군을 쫓던 중원연합군의 무사들이 돌아오기 시작했다.

그 모습을 지켜보며 월가의 전주는 흡족한 웃음을 머금었다.

'완벽한 승리다.'

* * *

연후는 동방리와 찻잔을 기울였다.

모처럼 둘만의 시간을 가진 터라 동방리의 얼굴에서 웃음이 떠나질 않았다.

하지만 그 시간이 오래가지는 못했다.

"주군."

"들어와."

철우가 들어섰다. 그가 연후에게 전서를 건넸다.

연후는 즉각 전서를 펼쳤다. 전서의 내용은 극히 짧았지만 연후를 웃음 짓게 하기에 충분했다.

동방리가 물었다.

“무슨 일이에요?”

“적의 후발대를 물리쳤다고 하오.”

“다행이네요.”

연후는 철우에게 물었다.

“군사에게서는 아직 전서가 오지 않았나?”

“예. 아무래도 거리가 있다 보니 독수리라도 시간이 꽤 걸리는 것 같습니다.”

“지금쯤이면 결과가 나왔을 텐데…… 네가 정보전에 상주하면서 확인을 하도록 해.”

“알겠습니다.”

철우가 돌아가자 연후는 남은 차를 마저 비운 뒤에 미안한 표정을 지으며 말했다.

“대원수에게 가 봐야 할 것 같소.”

“알겠어요.”

“당신도 매우 피곤할 테니 오늘은 푹 쉬도록 하시오.”

“그럴게요.”

연후가 막사를 나가자 서령이 들어섰다. 동방리가 웃으며 물었다.

"우리끼리 한잔할까요?"

"좋죠."

* * *

"서문회가 꽤 당혹해하겠군."

연후로부터 소식을 들은 신휘가 흡족한 표정을 짓더니 물었다.

"이제 마무리를 지어야 할 때가 된 것 같은데…… 바로 공격을 시작할 텐가?"

"아직은 때가 아니야. 놈들 스스로 무너질 때까지 기다려야지."

"하긴 후발대가 퇴각한 것보다는 자신들의 고향이 공격을 당한 것이 알려지면 더 큰 혼란에 휩싸이게 될 테지. 어쨌든 이번 전쟁도 자네가 원하는 방향으로 흘러가는 것을 보니 더는 걱정하지 않아도 되겠어. 후후후."

연후는 고개를 저었다.

"속단은 금물이야. 이럴 때일수록 바짝 더 조여서 여지를 남겨 주지 않아야 한다. 그러자면……."

연후가 말끝을 흐리자 신휘가 대신 말을 이었다.

"병력을 움직여 압박을 하자는 뜻인가?"

역시 신휘는 연후의 속내를 꿰뚫고 있었다.

연후는 묵묵히 고개를 끄덕이고는 찻잔을 입으로 가져갔다.

"저쪽에 묘인들이 얼마나 더 남았는지 확신할 수 없는 상황이니 압박을 하는 선에서 그쳐야 한다. 병력도 아주 은밀하게 움직여야 하고. 그러자면 기병 전술은 포기해야겠지."

"흠……."

딸그락.

연후는 찻잔을 내려놓고 일어섰다.

"먼저 가서 적진 주변을 살펴봐야겠으니 병력은 자네가 이끌고 오도록 해."

"지금 바로 떠날 생각인가?"

"빠를수록 좋은 법이니까. 그럼 그곳에서 보자고."

* * *

"군사!"

응숙이 서문회의 막사를 찾았다.

홀로 술잔을 기울이고 있던 서문회는 잔뜩 굳은 표정을 하고 들어서는 응숙을 미간을 찡그리며 응시했다.

"무슨 일인데 이리 호들갑을 떠는 게냐."

"후발대가…… 적의 암습을 받고 본국으로 퇴각했다고

합니다!"

"……뭐라?"

퍼석!

술병이 바닥으로 떨어져 부서졌다.

응숙이 막사 밖을 향해 외쳤다.

"들어오너라!"

잠시 후 한 장한이 들어섰다. 후발대 소속의 대주로, 중원연합군의 추격을 뿌리치고 간신히 이곳 군영까지 올라온 자였다.

"어서 보고를 드려라!"

"그게……."

장한이 보고를 시작했다.

보고가 이어질수록 서문회의 표정은 시시각각 변화무쌍한 모습을 보였다. 그리고 보고가 끝났을 때, 그의 머릿속에는 후발대가 아닌 다른 것이 떠올라 있었다.

'설마 우리를 이곳에 묶어 놓고 뒤로 돌아가서 남만을 노리는 건 아니겠지.'

불현듯 치민 생각이었다.

그는 연후가 두 번의 전쟁에서 어떤 계책을 통해 승기를 잡았는지 잊지 않고 있었다.

'내가 놈들의 발목을 묶은 것이 아니라, 놈들이 우리의 발목을 묶어 둔 것이라면…….'

한 번 치민 불안감은 머릿속에서 걷잡을 수 없이 점점 더 커져만 갔다. 불안감의 끝은 역시 연후라는 존재가 이곳 사천성에 와 있다는 점이었다.

"사천당가로 간 아이들에게서 아직도 연락이 없느냐!"

"전서구가 무용지물이 되어 버린 까닭에 인편으로 보고를 하려면 아무래도 시간이……."

"해서 경공이 뛰어난 자들로 추리라 하지 않았느냐!"

"명하신 대로 경공이 뛰어난 고수들을 보내 두었으니 조금만 더 기다려 보시지요."

서문회는 장한을 돌아보며 물었다.

"살아서 퇴각한 병력의 수는 어느 정도나 되느냐!"

"……일만이 채 되지 못할 것입니다."

실룩.

서문회의 눈가가 한차례 일그러졌다.

'매복을 통해 후발대를 공격할 것이라고는 상상조차 하지 못했거늘…….'

제대로 허를 찔렸다는 자책감이 앞섰다. 하지만 그 끝은 언제나처럼 연후를 향한 분노였다.

'놈에게 이렇게 또 한 방을 얻어맞다니…….'

하지만 정작 중요한 문제는 다른 곳에 있었다.

'본토가 공격당하면 결속력이 떨어지는 이놈들이 동요하는 것을 막을 길이 없다.'

남만군의 결속력은 대막이나 중원과 비교해 현저히 떨어지는 수준이었다.

수십 개의 부족이 하나의 세력으로 통일된 지 불과 몇 년밖에 지나지 않은 데다, 구심점 역할을 해 왔던 남만왕이 죽어 사라진 까닭이었다.

"응숙!"

"예, 군사."

"최대한 빨리 본국의 사정을 알아봐야겠다. 서둘러라!"

"알겠습니다!"

응숙이 뛰어나가고 얼마 지나지 않았을 때였다.

서문회의 얼굴이 서서히 일그러졌다. 흡혈의 시간이 다가온 까닭이었다.

서문회는 막사에 남아 있던 장한을 응시했다.

"기습을 당한 곳이 남부의 산악 지대라고 하였느냐?"

"그렇습니다."

"그곳으로 갈 것이니 앞장서거라."

"……."

"뭘 꾸물거리는 게야! 어서 앞장을 서래도!"

"……예!"

막사를 나선 서문회는 서문홍과 마주쳤다. 그러고는 대뜸 호통을 쳤다.

"복장을 다른 무사들과 똑같은 것으로 바꿔 입으라 명

했거늘, 어찌하여 아직도 그대로인 것이냐!"

"무복을 준비 중에 있습니다. 준비되는 대로 환복하도록 하겠습니다."

"……어쩐 일로 찾아왔느냐?"

"제조해 놓은 독이 많이 부족해서 독초를 구하러 잠시 다녀와야 할 것 같습니다."

"묘강까지 말이냐?"

"아닙니다. 운남성까지만 가도 저희가 원하는 독초를 구할 수 있습니다. 허락해 주시면 최대한 빨리 다녀오도록 하겠습니다."

서문회는 썩 내키지가 않았다.

가뜩이나 연후에게 상당수의 묘인을 잃었다. 혹시라도 군영을 떠났다가 또다시 묘인들이 죽거나 한다면 전력에 치명적인 타격이 될 터였다.

하지만 독이 떨어졌다니 달리 방도가 없었다.

"하면 환복을 한 후에 호위 병력을 대동하고 다녀오도록 하거라."

"감사합니다!"

서문회는 황급히 돌아가는 서문홍의 뒷모습을 응시하며 왠지 모를 불안감에 휩싸였다.

그때였다. 또다시 강렬한 욕구가 치밀어 올랐다.

"냉큼 앞장서거라."

"예."

암습을 당한 곳으로 가겠다는 건 거짓말이었다. 일단 누구의 의심도 사지 않고 군영을 벗어난 다음 장한을 죽여 흡혈을 할 목적이었다.

* * *

쏴아아!

다른 곳이었다면 눈이었어야 할 비가 마치 한여름의 장대비처럼 사납게 쏟아졌다.

연후는 빗줄기 너머로 보이기 시작하는 적의 군영을 응시하며 잠시 숲속에서 휴식을 취했다.

그런 그의 곁에 철우와 악소, 백무영을 비롯한 서백과 육손이 함께하고 있었다.

오랜만에 다들 함께하는 것이 좋았는지 저마다의 얼굴에서 웃음이 떠날 줄을 몰랐다. 평소 웃음과는 담을 쌓았다는 말을 들을 정도로 과묵한 백무영과 악소도 마찬가지였다.

백무영이 물었다.

"본토가 공격당한 것을 알게 되면 서문회가 병력을 물릴 거라 보십니까?"

"홀로 전쟁을 치를 생각이 아니라면 그렇게 할 수밖에."

"하면 남만으로 돌아갈 때 공격을 하실 생각입니까?"

"더 나은 계책을 찾는 중이다."

연후는 물주머니를 끌러 갈증을 채우고는 적의 군영을 응시했다. 그러다가 이채를 발한 것은 군영을 나서는 한 무리의 병력을 보았을 때였다.

대략 이백여 명쯤 되었다. 그들이 군영을 나와 곧장 남쪽으로 향하고 있었다.

'정찰이라면 굳이 남쪽으로 갈 이유가 없는데…….'

수상한 움직임이었다. 게다가 군영을 나서는 자들 모두가 중무장을 하고 있었다.

연후는 일어서며 모두에게 말했다.

"지금부터 저놈들을 쫓는다. 다들 움직여."

"예."

* * *

묘인들과 함께 군영을 나선 서문홍은 뒤를 돌아보며 눈빛을 가라앉혔다. 무겁게 가라앉은 눈동자는 복잡한 감정으로 얼룩져 있었다.

'저를 인정해 준 것은 감사하나, 우리 부족의 미래를 위해서 떠날 수밖에 없음을 이해해 주십시오. 부족의 미래인 이들마저 이곳에서 다 잃을 순 없습니다.'

그랬다. 서문홍은 고향으로 떠날 생각이었다.

독초를 구해야 한다는 것은 의심을 피하기 위해 꾸민 거짓말이었다.

그렇다면 서문홍은 갑자기 왜 이런 결심을 했을까?

'그자는…… 인간의 능력을 초월했다. 그런 자를 상대로 싸운다는 것은 자살행위나 다름없다!'

서문홍은 암벽 지대에서의 연후를 떠올리며 눈빛을 떨었다. 그때 봤던 연후의 가공하고도 잔혹한 무공은 지금도 뇌리에서 떠나지 않고 있었다.

'어차피 우리의 목적은 중원이 아니었다. 하니 미련 없이 떠나자. 더 늦기 전에…….'

꽈악!

치아가 파고든 입술이 파랗게 질려 갔다.

하지만 그것도 잠시. 서문홍은 뒤를 따라오는 백여 명의 호위 병력을 어떻게 처리할지를 고민하기 시작했다.

그리고 곧 방법을 찾아냈다.

'운남성으로 들어간 뒤 맹독을 이용하면 어렵지 않게 처치할 수 있다.'

서문홍은 좌우의 측근에게 전음을 이용해 자신의 생각을 전하고는 태연스럽게 남쪽을 향해 이동했다.

그때 한 무사가 물었다.

"여기 사천성의 밀림에도 독물이 많기로 소문이 자자

한데 굳이 운남성까지 가야겠소?"

서문홍은 태연하게 대답했다.

"우리 부족의 독은 매우 특별한 것이라 상대적으로 독성이 떨어지는 사천성의 독물을 사용하면 위력이 현저하게 떨어져서 어쩔 수 없소."

"운남성의 독물이 더 강력하단 말이오?"

"그렇소. 무릇 더운 지방일수록 독물의 독성이 강력한 법이라오."

"흠……."

독에 대해 아는 것이 없었던 무사가 고개를 갸웃하며 입을 다물었다.

"자, 하루라도 빨리 돌아오려면 서둘러야지 않겠소. 여기서부터는 경공술을 이용해서 내려가도록 합시다."

"크흠! 알겠소."

파파팟!

묘인들이 앞장서서 달리기 시작했다.

묘인들은 상당한 경지에 오른 고수들에게조차 위협적인 독공을 지니고 있었으나, 경공술은 그렇게 뛰어나지 못했다.

그에 묘인들의 뒤를 따르는 남만의 무사들은 입가에 비웃음을 머금었다.

서문회가 묘인들을 중용하며 입지가 많이 올라오긴 했

으나, 여전히 남만의 무사들에게 묘인들은 하찮은 존재에 불과했다.

그렇기에 더더욱 그들을 편애하는 서문회를 향한 불만이 적지 않았다.

그러한 사실을 오로지 서문회만이 모르고 있었다.

파파팟!

얼마나 달렸을까?

밀림이 끝나고 광활한 벌판이 모습을 드러냈다. 벌판 너머에는 제법 넓은 강이 마치 거대한 용처럼 흐르고 있었다.

묘인들은 강에 이르러 잠시 이동을 중단했다.

서문홍이 무사들을 향해 말했다.

"잠시 쉬었다가 갑시다."

"얼마나 달렸다고 벌써 휴식이란 말이오?"

"우린 당신들처럼 경공술이 뛰어나지 못하니 이해해 주시오."

"쯧. 그러면 잠깐만 쉬는 걸로 합시다."

무사들은 묘인들과 조금 떨어진 곳에 자리를 잡고 휴식에 들어갔다.

서문홍은 물을 마시는 척을 하면서 바람의 흐름을 파악했다. 바람은 그가 원하는 쪽으로 움직이고 있었다.

'여기서 모조리 죽여 주마.'

서문홍의 눈짓을 받은 묘인들이 은밀히 품속으로 손을 가져갔다.

잠시 후, 무형무취(無形無臭)의 맹독이 바람을 타고 무사들이 있는 곳으로 날아갔다.

맹독은 코앞까지 죽음이 다가왔음에도 아무것도 모른 채 음담패설을 나누며 희희낙락하는 무사들의 코와 입속으로 순식간에 파고들었다.

반응은 금방 나왔다.

"컥!"

"켁!"

무사들이 목을 움켜쥐며 괴로워하기 시작했다.

수장인 장한이 황급히 검을 뽑아 들며 서문홍을 향해 소리쳤다.

"네 이놈들! 지금 무슨 짓을…… 컥!"

하지만 장한도 이내 피를 쏟으며 휘청거렸다.

서문홍의 입가에 비릿한 조소가 떠올랐다.

"군사가 인정을 해도 네놈들은 여전히 우리를 벌레 보듯 했지. 그 대가를 죽음으로서 치르는 것이니 우리를 원망하지는 말거라. 후후후."

"서문홍…… 네 이놈……."

털썩!

장한이 앞으로 꼬꾸라지더니 이내 축 늘어졌다.

그땐 이미 대부분의 무사들 또한 숨이 끊어져 있었고, 가장 먼 쪽에 앉았던 무사 몇 명만이 고통에 몸부림치며 신음을 토하고 있을 뿐이었다.

"숨통을 끊어 버려라!"

"예!"

챙!

묘인 두 명이 검을 뽑아 들고는 무사들을 향해 다가갔다.

그때였다.

퍽퍽!

묘인 두 명의 머리가 수박처럼 터져 버렸다.

비명조차 지르지 못하고 꼬꾸라지는 수하들의 모습에 서문홍은 두 눈을 부릅뜨며 경악했다.

채채챙!

다른 묘인들이 일제히 무기를 뽑았다. 몇몇은 검이나 도가 아닌 독탄을 양손에 하나씩 쥐었다.

서문홍도 검을 뽑으며 숲을 향해 소리쳤다.

"누구냐!"

* * *

횡재(橫財).

연후는 이 상황을 그렇게 여겼다.

그저 수상해서 따라와 봤더니 묘인들이 죄다 몰려 있었다.

그의 유일한 고민거리였던 묘인들을 일거에 소탕할 수 있는 기회를 얻었으니 어찌 횡재라고 하지 않을 수 있으랴.

[퇴로를 차단한다.]

[예.]

백무영을 비롯한 모두가 벌판 남쪽의 숲으로 숨어들었다. 북쪽은 한동안 사방이 탁 트인 벌판이 있으니 도주를 걱정할 필요는 없었다.

감히 누구도 자신들의 추격을 피해 도망갈 수 없으리라는 자신감은 당연한 것이었다.

연후는 천천히 숲을 나섰다.

그를 본 서문홍과 묘인들이 경악하며 뒤로 물러섰다.

보통은 본능적으로 독탄을 던져야 했지만, 연후는 그것조차도 망각하게 만들 정도로 묘인들의 뇌리에 무서운 존재로 각인되어 있었다.

"내가 누군지 안다면 저항은 무의미하다는 것도 알고 있겠지?"

"……!"

"살고 싶으면 어떻게 해야 할까?"

"다, 당신 혼자서 우리를 다 감당할 수 있을 거라 보시오!"

"난 독이 통하지 않는 사람이야. 그리고 왜 나 혼자라고 생각하지?"

연후의 말이 채 끝나기가 무섭게 묘인 한 명의 목이 뎅강 잘려 날아갔다.

"크악!"

서문홍의 고개가 벼락처럼 수하들이 있는 곳을 향해 돌아갔다. 육신만 남은 수하가 짚단처럼 뒤로 넘어가고 있었다.

하지만 주변에는 아무것도 없었다.

위이잉!

연후는 혈마번을 일으켰다.

원반 모양의 강기가 맹렬히 회전하는 것을 본 묘인들이 사색이 되었다.

암벽 지대에서 동료들을 무참히 죽였던 혈마번의 가공하고도 잔혹했던 기억을 떠올린 것이다.

그건 서문홍도 마찬가지였다. 그를 변심하게 만든 것도 그때의 참혹함을 목도한 이후부터였으니까.

'빌어먹을, 빌어먹을…….'

서문홍은 현실을 부정하고 싶었다.

너무나도 쉽게 서문회의 의심을 피해 군영을 빠져나올

때까지만 해도 만사가 순조로웠는데, 여기서 서문회보다 더 무서운 연후와 맞닥뜨릴 줄이야.

"아직 상황 판단이 제대로 되지 않은 모양이군. 그렇다면 어쩔 수 없고."

위이잉!

혈마번이 연후의 손을 떠나 천천히 떠오르며 더욱더 맹렬하게 회전하기 시작했다.

그때였다.

"살려 주십시오!"

뒤쪽에서 묘인 하나가 바닥에 무릎을 꿇으며 소리쳤다. 그것을 시작으로 다른 묘인들도 일제히 무기와 독탄을 내려놓으며 무릎을 꿇었다.

"사, 살려 주십시오! 저흰 그저 남만왕과 군사가 시키는 대로 했을 뿐입니다!"

"저희도 끌려온 신세입니다! 제발 살려 주십시오!"

바르르…….

서문홍의 얼굴이 경련을 일으켰다.

연후는 그런 서문홍을 직시하며 한마디 더 했다.

"투항하면 더 이상 누구도 죽지 않는다."

"……!"

순간 서문홍의 머릿속에 연후와 관련한 끔찍한 소문들이 떠올랐다. 서북무림의 항군을 생매장한 것과 남만군을 산 채로 불태워 죽인 것까지.

"모두 일어서라! 이자는 투항한다고 해서 우리를 살려 줄 자가 아니다!"

서문홍의 외침에도 일어서는 묘인들은 단 한 명도 없었다.

연후는 서문홍을 향해 다가가며 물었다.

"왜 그렇게 생각하지?"

"서, 서북무림의 항군 수만 명을 생매장해서 죽였다는 것을 모를 줄 아시오! 게다가 남만군 수만 명도 산 채로 불태워 죽이지 않았소!"

"서북의 항군은 은혜를 저버리고 반역을 일으켰다. 그리고 남만군은 투항하지 않았다. 투항을 했더라면 결과는 달라졌을 테지. 그 상황에서 너라면 어떻게 했을까?"

"……!"

바르르…….

서문홍의 전신이 바람을 맞은 촛불처럼 심하게 요동쳤다. 뒤이어 수중의 검이 땅으로 떨어지더니 이내 무릎을 꿇었다.

털썩!

"투, 투항하겠소!"

위이이잉!

금방이라도 묘인들을 향해 날아갈 것처럼 요동치던 혈

마법이 한 차례 핏빛 광채를 일으키고는 사라졌다.

연후는 묘인들을 향해 무심히 외쳤다.

"가진 독을 모두 꺼내도록."

사사삭!

묘인들이 저마다 품속에서 독탄과 작은 호리병을 꺼냈다. 서문홍도 두 개의 호리병을 꺼냈다.

"다들 나와."

백무영등이 숲을 헤치며 모습을 드러냈다.

육손은 묘인들이 꺼내 놓은 독탄과 호리병을 보며 눈빛을 반짝반짝 빛냈다. 마치 어려운 문제를 앞에 두고 고심에 빠졌던 학사가 답을 찾은 것처럼.

백무영이 물었다.

"데려가실 겁니까?"

"투항을 했으니 함부로 대하지 말도록 해."

"알겠습니다."

대답은 했지만 백무영은 내심 의아해했다. 그가 아는 연후라면 무조건 죽였어야 했다.

'독 때문은 아니신 것 같은데…….'

연후는 서문홍을 내려다보며 물었다.

"그쪽이 수장인가?"

"그, 그렇습니다."

"저쪽에 다른 묘인들은 얼마나 남았지?"

"우, 우리가 전부입니다."

"그래?"

연후의 입가에 흐릿한 미소가 번지는 순간이었다.

3장

# 묘인들을 사로잡다

# 묘인들을 사로잡다

서문홍은 숨을 죽였다.

아니, 숨조차 제대로 쉴 수가 없었다. 서슬 퍼런 모습보다 무심히 쳐다보는 저 태도가 더욱더 무서웠다.

“그러니까 고향으로 돌아가기 위해 서문회를 속이고 군영을 나섰다…… 이건가?”

“예. 여기서 부족의 미래인 저들을 다 잃고 싶지가 않았습니다.”

“왜 승산이 없다고 판단한 거지?”

“그건…….”

서문홍은 차마 뒷말을 잇지 못했다.

연후는 서문홍의 속내를 대충 이해하고는 더 묻지 않았다.

"저희를 정말…… 살려 주시는 겁니까?"

"아직 결정하지 않았다."

"……!"

"네 말처럼 나는 누구든 죽일 수 있는 사람이다. 그건 투항을 해도 마찬가지야."

바르르…….

연후는 경련에 휩싸여가는 서문홍의 얼굴을 응시하며 무심히 말을 이었다.

"물론 내 편이 되어 준다면 생각이 달라질 수도 있겠지."

"그게 무슨……."

"그 얘기는 차차 하기로 하고 일단은 우리하고 같이 가줘야겠다. 미리 경고하는데, 혹시라도 딴마음을 품으면 생매장은 아무것도 아닌 것처럼 느끼게 될 거다."

"……!"

오싹!

서문홍은 치미는 한기에 몸을 움츠렸다.

"일어서."

"사천당가로…… 갑니까?"

"아니, 곧 이곳으로 아군이 내려올 거다. 내가 결정을 내릴 때까지 너희 모두는 우리와 함께 머물게 될 것이다."

잠시 후 연후와 모두는 묘인들을 끌고 북쪽으로 향했다.

서문홍은 연후 등의 뒤를 따르며 터져 나오는 한숨을

애써 참았다.

'늑대를 피하려다가 호랑이를 만난 꼴이라니…….'

머릿속이 엉클어진 실타래처럼 복잡했다.

연후가 말한 그의 편이 되어 준다는 게 무엇을 의미하는지 서문홍은 알고 있었다.

'중원무림의 편이 되어 싸운다고 해서 희생이 없는 건 아닐 텐데…….'

이러나저러나 부족의 희생을 피할 수 없는, 최악의 상황이었다. 그나마 위안거리라고는 중원연합의 전력이 남만군보다 더 강하다는 것이었다.

그렇다면 피해를 최소화할 수 있지 않을까?

'하아…….'

"육손."

"예, 주군."

"본진에 알려라. 최소한의 방어 병력만을 남겨 두고 모두 내려오라고."

"알겠습니다."

* * *

남만군 군영.

상대적으로 경계가 허술한 남쪽을 통해 들어서는 자들

이 있었다. 서문홍과 함께 떠났던 묘인 두 명이었다.

경계를 서던 무사들이 그들을 발견하고는 물었다.

"어이, 너희들! 운남성으로 간다고 하지 않았나? 왜 그냥 돌아온 것이냐!"

"그게…… 큰일이 났습니다!"

"큰일이라니!"

"내려가다가 피투성이가 된 채 쓰러져 있는 사람을 발견했는데, 물어보니 수도에서 올라오던 무사라고 했습니다. 그가 말하기를 중원연합군이 남만의 수도를 기습 공격해서 방어군이 거의 궤멸 직전까지 몰렸다고 했습니다!"

"뭣이!"

무사들이 저마다 경악했다.

묘인이 말을 이었다.

"이 사실을 알려야 할 것 같아 급히 되돌아온 것입니다. 언제 중원연합군의 총공격이 시작될지 알 수 없으니, 저희는 속히 운남성에 다녀오도록 하겠습니다."

두 묘인은 망연자실한 무사들을 뒤로한 채 왔던 길을 다시 되돌아갔다.

그리고 이내 군영 좌측의 숲으로 들어선 묘인들은 서로를 쳐다보며 씩 웃었다.

그들은 묘인으로 변장을 한 서백과 육손이었다.

"형님, 연기가 많이 늘었는데요?"

"확실히 넘어간 것 같지?"

"예. 말을 듣자마자 저마다 돌덩이처럼 얼어붙는 걸 보셨잖아요."

"이 사실이 알려지면 큰 혼란에 휩싸이겠군. 부디 주군의 의도대로 고향으로 돌아가겠다는 놈들이 많아져야 할 텐데 말이다."

"반드시 그렇게 될 겁니다."

"얼른 돌아가자."

"예."

둘이 숲속으로 사라지자 청천벽력 같은 소식을 듣고 망연자실했던 무사들이 황급히 군영으로 뛰어갔다.

* * *

서문회는 응숙과 마주 앉아 찻잔을 기울였다.

'후발대의 합류가 무산되었는데 어째서 이렇게 태연하시지?'

응숙은 한없이 느긋한 서문회의 태도가 의아했다.

하지만 서문회의 속내는 그의 생각처럼 결코 느긋하지 못했다. 지금 서문회는 애써 담담한 척을 하고 있을 뿐, 머릿속은 난관을 헤쳐 나갈 방법을 찾느라 어지럽기 짝이 없었다.

일부러 태연한 척을 하는 것은 군영의 동요를 막기 위한 고육지책이었다. 당장은 군영에서 영향력이 큰 응숙부터 안심을 시켜야 했다.

딸그락.

"물을 더 따를까요?"

"그래, 고맙구나."

"하면 가져오겠습니다."

응숙이 밖으로 나가자 서문회의 평온했던 얼굴이 한순간 일그러졌다.

'부디 내 불길한 예상이 어긋나야 할 텐데…….'

서문회는 연후가 병력을 돌려서 남만의 본토를 공격하지 않았기를 간절히 바라고 있었다.

꽈악.

'만약 그렇게 되었다면 이놈들로 할 수 있는 건 아무것도 없다. 그렇다면 차라리…….'

서문회는 최악의 경우에 대비하여 한 가지 계책을 세웠다.

그때였다.

"군사!"

응숙이 들어섰다. 그런데 그의 표정이 심상치가 않았다.

서문회는 애써 태연한 척을 하며 물었다.

"무슨 일인고?"

"그게…… 중원연합군이 본국의 수도를 공격했다고 합니다!"

"……뭐라?"

순간 서문회는 머릿속이 하얗게 변하는 기분이었다.

"그 말을 어디서 들었느냐!"

"묘인들이 운남성으로 향하다가 본국에서 올라오던 아군을 만나서 들었다고 합니다."

"그놈들을 속히 데려오너라!"

"그자는 죽었고, 묘인들은 하루빨리 독초를 구해야 한다며 다시 떠났다고 합니다."

"……!"

순간 서문회는 느낌이 싸했다.

자신이 아는 서문홍이라면 직접 자신에게 정보를 전하고, 이후 어떻게 행동할지도 직접 판단하지 않은 채 지시를 받았을 터였다.

중원연합군이 금방이라도 총공격을 가할 수 있는 상황에서 묘인들의 역할이 얼마나 중요한지 잘 알고 있을 서문홍이 정보만 전하고 그냥 떠나다니.

"당장 묘인들을 데려오너라! 멀리 가지 못했을 터이니 경공이 뛰어난 아이들을 보내면 금방 따라잡을 수 있을 것이다! 어서!"

"예!"

응숙이 뛰어나가자 서문회는 막사를 나섰다. 그러고는 장로를 비롯한 수뇌부들이 있는 곳으로 향했다.

'적의 간계이건 아니건 간에 소문이 퍼지면 군영의 동요를 막을 수 없게 된다. 그것만큼은 어떻게든 막아야 한다.'

서문회는 가면서 군영 곳곳을 둘러보았다. 그러다가 군영 좌측에 한 무리의 무사들이 모여 있는 것을 보고는 미간을 찡그렸다.

저마다 불안해하는 기색이 역력했던 것이다.

'이런 고약한…….'

* * *

남만군 군영에서 북쪽으로 한 시진 거리.

신휘와 혈왕군이 숲을 헤치며 남하하고 있었다.

은밀한 기동을 위해 전마가 아닌 도보를 택한 까닭에 평소보다 훨씬 많은 시간이 소모되었지만, 남하하면서 적의 정찰 병력을 남김없이 소탕하는 성과를 거둘 수 있었다.

또한 진격로를 다른 방향으로 정한 까닭에 남만군은 그들의 남하를 전혀 눈치채지 못했다.

“주군께서 유독 신중에 신중을 기하시는 것 같습니다. 솔직히 남만군은 서장무림이나 북해빙궁보다 훨씬 떨어지는 전력이지 않습니까?”

“독 때문에 피해가 늘어날 것을 우려한다고 했잖아.”

“정말 그게 이유의 전부입니까?”

“그가 그렇다면 그냥 믿으면 된다.”

“……예.”

신휘가 먼 곳을 응시하며 눈가에 주름을 잡았다.

“어차피 한동안 북벌에 나서지 못하게 되었으니 아군의 피해를 줄이는 게 최선이긴 하지. 게다가 이곳에 우리 북천의 병력은 혈왕군이 전부이니까.”

“피해가 늘어나면 주군이나 우리 북천이 자칫 비난을 받을 수도 있겠군요.”

“너라면 안 그럴까?”

“그것까지는 미처 헤아리지 못했습니다.”

신우가 머리를 긁적였다.

그때 뒤에서 호위가 나지막이 소리쳤다.

“대원수! 주군께서 오십니다.”

신휘는 숲을 헤치며 모습을 드러내는 연후를 발견하고는 손을 들어 모두를 멈춰 세웠다.

그러다가 연후의 뒤를 걸어오는 묘인들을 보며 미간을 좁혔다.

"포로?"

"이상합니다. 어지간해서는 포로를 거두지 않는 분이신데 말입니다."

"굳이 포로로 잡았다면 꽤 중요한 놈들이겠지."

신휘는 연후를 향해 걸었다. 그리고 연후의 앞에 이르러 묘인들을 가리키며 물었다.

"중요한 놈들인가?"

"묘인들이다."

"……!"

"우리가 암살을 할까 걱정한 서문회가 남만군과 같은 복장을 하게 했다는군."

연후는 짤막하게 자초지종을 설명해 주었다.

설명이 끝나자 신휘가 웃었다.

"횡재가 따로 없군. 후후후."

신휘가 바로 말을 이었다.

"하면 더 이상 독을 걱정하지 않아도 되니 당장 총공격을 가해도 되지 않을까?"

"안 그래도 사천당가로 전서를 보내 두었으니 도착할 때까지 느긋하게 기다려 보자고."

연후는 한쪽에 솟아 있던 바위에 걸터앉았다. 신휘가 그 옆에 앉으며 다른 것을 물었다.

"한데 왜 포로로 잡은 거지?"

"써먹을 때가 있을 것 같아서. 지금 방법을 찾는 중이다. 어이, 누구 술 좀 있나?"

"여기 있습니다."

신우가 술 한 병을 갖고 왔다.

연후는 마개를 열어 몇 모금 마시고는 말을 이었다.

"일단 당장은 총공격에 나서지 않을 생각이다. 그저 압박만 하면서 후발대를 치러 나갔던 병력이 돌아올 때까지 기다리기만 하면 적은 스스로 무너지게 되어 있다."

"스스로 무너진다? 또 뭔가를 한 건가?"

의아해하는 신휘였다.

연후는 서백과 육손을 가리키며 말했다.

"저 두 녀석을 묘인으로 변장시켜서 남만의 수도가 공격받았다는 소문을 퍼트렸거든. 아마 지금쯤 꽤 흔들리고 있을 거다."

피식.

"하여간에 그냥 넘어가는 법을 모른단 말이야. 후후후."

"주어진 기회를 활용하면 수고를 덜 수 있으니까. 자! 본대가 내려올 때까지 술이나 한잔할까?"

"좋지."

잠시 후 연후와 신휘는 적진을 내려다볼 수 있는 높은 곳으로 올라가 자리를 잡았다.

그러다가 무심결에 북쪽을 응시하던 신휘가 슬며시 미간을 좁혔다.

"누가 오는데?"

연후도 북쪽으로 시선을 던졌다.

두두두!

수십 기의 인마가 질풍처럼 달려오고 있었다.

잠시 후, 거리가 가까워지면서 누군지 알게 된 신휘가 웃으며 말했다.

"술잔을 하나 더 준비해야겠군."

* * *

"군사! 혈왕군이 군영 북쪽까지 내려왔습니다!"

"틀림없는 혈왕군이었느냐?"

"예. 혈왕군이 틀림없습니다."

"다른 병력은?"

"혈왕군만 있었습니다."

응숙의 보고에 서문회의 낯빛이 굳어졌다.

'하필이면 이때…….'

군영에 수도가 공격당했다는 소문이 빠르게 퍼지자, 무사들 사이에서 동요가 일어나고 있었다.

하지만 그것보다 더 심각한 것은 가장 강력한 무기라고

할 수 있는 묘인들이 운남성으로 떠나고 없다는 점이었다.

'지금 충돌하면 절대적으로 불리하다!'

그때였다. 서문회는 한 가지 묘책을 떠올렸다.

"즉각 무사들로 하여금 묘인들의 옷을 입게 하여 적의 눈에 가장 잘 보이는 곳에 배치토록 하거라! 가급적 많이!"

"알겠습니다."

응숙이 막사를 뛰쳐나가자 서문회는 겉옷을 걸치고 밖으로 나섰다. 그러고는 군영 한복판에 세워 놓은 망루로 올라가 북쪽을 바라봤다.

화살이 닿을 정도의 거리 밖에서 혈왕군이 진을 친 것이 보였다.

주변을 살피던 서문회의 두 눈이 안광을 번뜩인 것은 숲 위쪽의 높은 지대에 모여 앉은 세 사람을 보았을 때였다.

연후와 신휘는 한눈에 알아본 서문회였다.

하지만 한 명은 등을 돌린 채여서 누군지 알 수가 없었다.

'이연후가 두 손으로 술을 따르는 자가 있다니…….'

서문회를 놀라게 한 것은 바로 그 부분이었다. 지금도 연후는 돌아앉은 자에게 두 손으로 술병을 잡고 술을 따르고 있었다.

하면 천하에 그런 존재가 누가 있을까?

아무리 생각해도 떠오르는 이가 없었다.

그러다가 머릿속에 소무백이 떠오르자 서문회의 눈가에 주름이 잡혔다.

'자신을 잡아먹을지도 모를 늑대 같은 놈에게 절대 권좌를 스스로 내준 천하의 멍청이가 온 모양이군.'

소무백이 연후에게 선위했다는 소식을 들었을 때, 서문회는 피를 토하고 싶은 심정이었다. 그 자리를 차지하기 위해 평생을 바쳤던 자신과 너무나도 비교가 되었던 까닭이었다.

그때 응숙이 돌아왔다.

"지시하신 대로 무사들에게 묘인의 복장을 입혀 군영 북쪽에 배치했습니다."

"너는 즉시 사천당가로 올라가거라. 가서 네 눈으로 직접 그곳의 사정을 파악한 뒤 신속하게 내려오도록 하거라."

"제가 없을 때 적이 공격을 시작하면……."

"걱정할 거 없다. 묘인들이 없는 것을 알 리가 없으니 섣불리 공격을 해 오지는 못할 것이다. 하니 어서 가거라."

"알겠습니다."

응숙이 떠나자 서문회는 다시 연후 등을 응시하며 눈빛

을 가라앉혔다.

'총공격을 할 거면 혈왕군만 내려오지는 않았을 터. 또 무슨 꿍꿍이를 꾸미는 것이냐, 이놈.'

* * *

"주군, 직접 한번 보셔야 할 것 같습니다."

"무슨 일이지?"

"적진에서 묘인들이 다수 포착되었습니다."

철우의 그 말에 연후는 흐릿하게 웃으며 술잔을 내려놓았다.

"잠시 다녀오겠습니다."

"저도 같이 가겠습니다."

소무백이 일어서자 신휘도 일어섰다. 셋은 철우와 함께 적진과 가까운 곳으로 향했다.

철우가 좌측을 가리켰다.

"저기……."

과연 철우가 가리킨 곳에 묘인들 다수가 모여 있었다. 정확하게 말하면 묘인의 복장을 한 자들이었다.

신휘가 웃으며 말했다.

"서문회가 잔꾀를 썼군. 그만큼 다급했다는 것이겠지?"

연후는 묵묵히 고개를 끄덕이면서 한 가지 묘책을 떠올

렸다.

'한번 흔들어 줄 필요는 있겠지.'

* * *

석양이 세상을 붉게 물들였다.

양측은 밥을 짓기 위해 불을 피웠고, 워낙에 거리가 가까웠던 까닭에 밥 짓는 냄새가 서로의 진영까지 전해졌다.

연후는 홀로 높은 곳에 올라 남쪽을 바라봤다.

그의 시선이 닿은 곳에서 혈왕군이 움직이고 있었다.

대략 일천 명쯤 될까? 그들은 은밀하게 적의 군영을 향해 접근하고 있었다.

그들만이 아니었다. 맞은편에서도 비슷한 수의 혈왕군이 역시 적의 군영을 향해 움직이고 있었다.

연후는 묘인으로 변장을 한 자들이 모여 있는 곳으로 시선을 돌렸다.

피식.

'제대로 속일 생각이었다면 오히려 보이지 않는 곳에 배치했어야지. 물론 그래 봤자 소용없었겠지만.'

휘리릭!

바람 소리에 이어 소무백이 올라섰다.

"대공이 가신 곳이 좌측입니까?"

"우측입니다."

"아……."

소무백의 시선이 적의 군영 우측을 향해 돌아갔다. 하지만 이미 혈왕군은 밀림 속으로 들어가고 보이지 않았다.

주변에 아무도 없는 것을 확인한 소무백이 조심스레 입을 열었다.

"대공과 향이의 일로 의논을 드릴 게 있습니다."

연후는 그가 무엇을 말하고자 하는지 곧장 알아차리고는 빙그레 웃었다.

"이 전쟁이 끝나면 백야벌에서 성대하게 식을 치르도록 하겠습니다."

"아, 아닙니다. 괜히 그랬다가 구설에 휘말릴 수 있으니 그냥 간소하게 하겠습니다."

"상존의 혈육이십니다. 또한 제가 가장 의지하는 친우의 혼례입니다. 마땅히 성대하게 치러야지요. 구설 따위는 신경 쓰지 마십시오."

소무백의 눈가가 살짝 붉어졌다.

하지만 그는 더 환하게 웃었다.

"알겠습니다. 하면 대지존만 믿고 이제 구설 따위…… 조금도 신경 쓰지 않도록 하겠습니다."

"천하제일의 매제를 얻게 되신 것을 미리 축하드립니다."

"천하제일은……."

소무백은 말끝을 흐리며 어색하게 웃었다.

그때였다.

콰지직! 까가강!

"크악!"

"으악!"

적의 군영 좌우측에서 소란이 일었다. 혈왕군이 거의 동시에 기습 공격을 감행한 것이다.

연후와 소무백의 시선이 동시에 적의 군영을 향해 돌아갔다.

'우리가 묘인을 두려워하고 있음을 보여 주마. 그 믿음이 오히려 너를 옭아맬 사슬이 될 것이다, 서문회.'

* * *

땡땡땡!

남만군의 군영에 종소리가 요란하게 울렸다.

"군사! 적의 기습입니다!"

저녁 식사를 하고 있던 서문회는 자리를 박차고 일어섰다.

"어느 쪽이냐!"
"군영 좌우에서 동시에 치고 들어왔습니다!"
쾅!
막사를 빠져나간 서문회는 곧장 망루가 있는 곳으로 몸을 날렸고, 호위들이 허둥지둥 그 뒤를 쫓았다.
망루에 오른 서문회는 군영의 좌우를 살폈다.
맹렬히 저항하는 좌측에 반해, 군영 우측의 방어선은 이미 군영 안쪽까지 밀리고 있었다.
까가강!
콰콰콱!
"크아악!"
"으악!"
그때였다.
전장을 살피던 서문회의 두 눈이 살짝 커졌다. 군영 우측의 선두에서 남만군을 추풍낙엽처럼 쓰러뜨리는 한 사내를 본 탓이었다.
'혈왕!'
신휘임을 알아본 서문회는 그대로 망루에서 뛰어내렸다. 함께 올라섰던 자들은 감히 뛰어내릴 엄두를 내지 못할 엄청난 높이였다.
퍼퍽!
"크악!"

"으악!"

서문회는 남만군의 머리를 발판 삼아 신휘가 있는 곳을 향해 맹렬히 달렸다. 그 바람에 그의 발에 짓밟힌 몇 명이 머리가 부서지는 참혹한 죽음을 맞았다.

"으……."

뒤를 따르던 호위 하나가 그 모습을 보며 치를 떨었다.

* * *

우우웅!

퍼퍽!

신휘의 검이 핏빛 광채를 연이어 뿜었다.

"크악!"

"으아악!"

피를 뿌리며 꼬꾸라지는 자들의 뒤쪽에서 또 다른 자들이 신휘를 향해 달려들었다.

하지만 신휘는 결코 어찌할 수 없는 존재였다. 온몸에 피를 뒤집어쓴 채 광란에 가까운 칼춤을 추는 그는 지옥에서 막 뛰쳐나온 야차와 다름없어 보였다.

뒤늦게 그가 절대고수임을 깨달은 남만군들이 감히 맞설 생각을 못하고 뒤로 밀리면서 군영 외곽은 완전히 붕괴되고 말았다.

쐐애액!

콰콰쾅!

"크아악!"

"으아악!"

군영 안쪽에서 폭발이 일었다. 폭발의 여파에 휩쓸린 자들이 가랑잎처럼 날아갔다.

서백이 신휘의 곁으로 떨어져 내렸다.

"서문회가 오고 있습니다!"

신휘의 눈빛이 묘하게 변했다.

'설마 그자와 싸우시려고?'

서백이 놀라서 외쳤다.

"그만 물러가셔야 합니다!"

신휘의 눈빛이 정상으로 돌아오며 서백을 향해 씩 웃어 주었다.

"돌아가자."

"돌아간다!"

"혈왕군! 돌아간다!"

혈왕군이 일제히 빠져나가기 시작했다.

신휘는 맨 뒤에서 움직이며 저만치 앞에서 맹렬히 달려오는 서문회를 응시했다.

그가 서문회와 싸울 것을 염려한 서백이 팔을 잡고 흔들었다.

"대원수!"

"알았어, 알았다고."

쾅!

땅을 박차고 뛰어오르는 신휘.

서백은 비로소 안도의 숨을 터트렸다.

"후아……."

* * *

파르르…….

혈왕군이 빠져나간 뒤에서야 현장에 도착한 서문회는 분노에 눈빛을 떨었다.

그 짧은 시간에 피해는 엄청났다. 거의 이천에 달하는 무사들이 죽거나 다친 것이다.

그나마 다행이라면 멀지 않은 곳에 있었던 군량 창고는 멀쩡하다는 점이었다.

"군사!"

한 중년인이 떨어져 내렸다.

서문회가 분노에 찬 눈으로 그를 응시했다.

"피해 규모는 어찌 되느냐!"

중년인이 머리를 조아리며 대답했다.

"다행히 놈들이 묘인으로 변장을 한 아군이 다가오자

황급히 퇴각하는 바람에 피해를 줄일 수 있었습니다!"

그랬다.

묘인으로 변장한 남만군은 군영 좌측으로 일제히 달려갔었고, 그들이 나타나자 군영 좌측을 기습했던 혈왕군은 일제히 퇴각했다.

중년인의 보고에 서문회는 그나마 화를 조금은 억누를 수 있었다.

'역시 놈들은 묘인의 독을 두려워하고 있다.'

서문회는 주변을 향해 명령을 내렸다.

"군영 사방에 망루를 더 세우고, 망루에 묘인으로 변장한 무사들을 집중 배치하거라!"

"예!"

서문회는 다시 망루로 올라섰다.

그리고 북쪽을 바라보니 밀림을 빠져나간 신휘가 이쪽을 향해 검을 흔들며 웃고 있었다. 마치 조롱하는 것처럼.

바르르…….

서문회의 얼굴이 벌겋게 달아올랐다.

* * *

다음 날 저녁.

땡땡땡!

또다시 종소리가 요란하게 울렸고, 막 잠자리에 들었던 서문회의 막사로 호위장이 뛰어들었다.

"군사! 적의 기습입니다!"

서문회는 황급히 겉옷을 걸치고 막사를 나섰다.

"막아라!"

"물러서지 마라!"

콰지직!

까가강!

"크악!"

"으아악!"

이미 군영 곳곳에서 전투가 벌어지고 있었다.

우지끈!

콰르르!

서문회는 굉음을 내며 무너져 내리는 망루를 응시하며 눈빛을 떨었다.

'총공격인가?'

쾅!

땅을 박차고 뛰어오른 서문회는 군영 한복판에 세워 놓은 망루로 올라섰다. 그리고 사방을 살펴보고는 눈빛을 떨었다.

이번에도 적의 규모는 크지 않았다.

서문회는 다시 지상으로 뛰어내렸다. 그러고는 달려가

면서 검을 뽑았다.

챙!

그때였다.

"적이 물러간다!"

"쫓지 말고 자리를 지켜라!"

"자리를 지켜라!"

군영 중심으로 뛰어들 것처럼 맹렬하게 공격을 퍼붓던 중원연합군이 다시 물러가기 시작했다.

하지만 남만군은 뒤를 쫓지 못했다. 숲 너머에 중원연합군이 더 있을지 모른다는 두려움 때문이었다.

잠시 후 서문회가 현장으로 떨어져 내렸다.

곳곳에 죽은 자들이 널브러져 있었고, 그들이 흘린 피로 인해 땅은 마치 비를 맞은 것처럼 질퍽거렸다.

파르르…….

분노를 담은 서문회의 두 눈이 바람을 맞은 촛불처럼 흔들렸다.

오늘도 농락을 당한 것이다.

'이놈들이…….'

* * *

새벽에 세 번째 기습이 이어졌다.

이전의 두 번에 걸친 기습과는 달리 화시(火矢)가 소낙비처럼 날아들었고, 남만군의 군영 곳곳이 화염에 휩싸였다.

놀란 전마들이 군영을 넘어 사방으로 달아났고, 전마를 쫓아 나섰던 병력은 매복해 있던 혈왕군에 의해 피를 뿌리며 쓰러졌다.

기습은 짧은 시간에 그쳤지만 남만군은 군영 곳곳으로 번져 가는 불길을 잡느라 아무것도 할 수 없었다.

이번에도 서문회는 닭을 쫓던 개의 신세가 되고 말았다.

* * *

연후는 서서히 불길이 잡혀 가는 남만군의 진영을 응시하며 흐릿하게 웃었다.

그는 어딘가에 있을 서문회를 향해 나지막이 중얼거렸다.

"자신 있으면 반격을 해 보든가."

신휘와 소무백이 연후의 곁으로 다가섰다. 세 차례에 걸친 기습은 신휘가 이끌었다. 마지막 기습에는 소무백도 함께했었다.

신휘가 웃으며 말했다.

"화가 단단히 났겠지?"

"그래도 놈이 할 수 있는 건 아무것도 없다."

연후는 서문회가 반격을 해 오지 못할 거라 확신했다.

만약 반격을 해 온다면?

'나야 고맙지.'

* * *

휘이잉!

강풍이 휘몰아치는 며칠 후였다.

칠흑 같은 장포에 죽립을 깊게 눌러쓴 자가 사천당가를 응시하며 나지막이 숨을 토했다.

"후우…… 저곳인가?"

사내는 허리춤에서 물주머니를 끌러 목을 축이고는 다시 걷기 시작했다.

그러기를 얼마나 지났을까?

사천당가와 가까운 곳에 이르렀을 때, 좌우에서 날카로운 외침이 사내의 걸음을 멈추게 만들었다.

"멈추시오!"

사내는 걸음을 멈추고 슬쩍 고개를 돌렸다.

숲을 헤치며 나서는 청포인들이 있었다. 사천당가의 무사들이었다.

"정체를 밝히시오!"

사내는 천천히 죽립을 벗었다. 그러자 드러난 얼굴은 놀랍게도 신풍조의 수장 흑월이었다.

전에는 없던 검흔(劍痕)이 미간에서부터 턱 끝까지 선명하게 나 있는 흑월의 분위기는 과거보다 훨씬 더 어둡고 무거웠다.

"대지존을 뵈러 왔소."

"정체부터 밝히시오!"

"신풍조장 흑월이라고 하면 아실 거요."

"……!"

사천당가의 무사들이 크게 놀랐다. 신풍조장 흑월은 그들도 들어서 알고 있는 인물이었다.

"가서 보고드려라."

"예."

무사 하나가 황급히 몸을 날렸다.

흑월은 여전히 자신을 향해 검을 겨누고 있는 무사를 힐끗 쳐다보고는 옆의 바위에 조용히 걸터앉았다.

"당신이 왜 대지존을 찾는 것이오?"

흑월은 대답하지 않았다.

무사도 더 묻지 않았다.

휘이잉!

바람이 불어와 흑월의 머리카락을 어지럽히고 사라졌

다. 흑월은 얼굴을 덮은 머리카락을 치울 생각도 없이 그저 조용히 있었다.

그러기를 얼마나 흘렀을까?

흑월이 고개를 들었다. 무사와 함께 걸어오는 한 사람을 본 것이다.

철우였다.

흑월은 자리에서 일어나 살짝 머리를 숙였다. 철우는 그런 흑월을 향해 무심히 말했다.

"살아 있었군."

"죽을 수가 없었으니까."

"따라와."

* * *

마침 전장에서 잠시 돌아와 수뇌부와 회의를 끝내고 휴식을 취하고 있었던 연후는 안으로 들어서는 흑월을 조용히 바라봤다.

흑월이 그를 향해 머리를 숙였다.

"오랜만에 뵙습니다."

"오랜만이군."

연후는 턱 끝으로 의자를 가리켰다. 흑월이 그곳에 앉았다.

"풍천을 제거하는 데 실패했다고?"

"……왕궁은 우리가 접수했습니다."

"풍천은?"

"몇 번 공격에 실패한 뒤부터는 천하를 떠돌며 세력을 불리고 있습니다."

"세력을 얻으면 첫 번째 목표는 왕궁이 될 텐데…… 자리를 비워도 되나?"

연후의 그 말에 흑월이 고개를 들어 연후를 직시했다. 두 눈에 담긴 의미를 모를 리 없는 연후는 흐릿하게 웃었다.

"처음부터 금제는 없었다."

"……!"

파르르…….

흔들리는 흑월의 눈빛.

연후는 찻잔에 손을 가져가며 말을 이었다.

"그게 가능할 거라 믿었다니…… 생각보다 순진한 구석이 있었군그래."

흑월의 눈동자 속에는 허탈과 안도, 분노 등 온갖 감정이 한데 뒤섞이기 시작했다.

"……정말입니까?"

연후는 대답 대신 철우를 돌아봤다.

"술 좀 가져와."

"예."

철우가 나가자 연후는 흑월을 직시하며 담담하게 물었다.

"제법 싸움이 거칠었나 보군."

흑월의 얼굴을 가로지른 검흔은 결코 평범한 흔적이 아니었다.

흑월은 대답하지 않았다.

연후는 다른 것을 물었다.

"풍천이 세력을 모은다고 했는데…… 중원을 침공했을 때만큼 전력 보강이 가능할 거라고 보나?"

"더 강력해질 수도 있습니다."

"그래?"

"애당초 중원을 침공할 때 동원되었던 병력은 동영의 전부가 아니었습니다."

태합 풍천의 오른팔이라 할 수 있는 대마도주 풍치의 함대도 빠져 있었으니, 실상 팔 하나가 없는 전력이라 할 수 있었다.

"그리고 동영 전역에 흩어져 있는 그자의 수하들이 하나둘 집결하기 시작했습니다. 또한 그 과정에서 그동안 그자에게 굴복하지 않았던 각 지역의 영주들까지 굴복시키고 있습니다. 그들이 한곳에 모인다면 중원을 침공했을 때와는 비교조차 되지 않을 겁니다."

연후는 내심 놀랐다.
중원을 침공했을 때보다 더 강력한 세력을 과연 해동이 감당할 수 있을까?
"혹시 이곳으로 오기 전에 해동에 들렀었나?"
"바다를 건너오느라 그러지 못했습니다. 제게 남은 시간이 얼마 없었으니까……."
말끝을 흐리는 흑월의 목소리에 허탈함과 분노가 묻어났다.
"아직도 네 꿈은 변하지 않은 건가?"
"그렇습니다."
"믿어도 되겠지?"
"저는 누구처럼 거짓을 꾸미지 않습니다."
피식.
연후는 차를 한 모금 마셨다.
딸그락!
'내면이 더 강해졌군.'
연후는 흑월이 안으로 들어올 때부터 그것을 느낄 수 있었다.
"돌아갈 때 해동을 거치도록 해. 가서 이 대장군에게 동영의 사정을 그대로 전하고 조언을 받으면 꽤 도움이 될 거다."
"부탁이 있습니다."

"말해 봐."

흑월이 잠시 머뭇거리더니 말을 이었다.

"돈이 필요합니다. 지금까지는 왕실의 돈으로 버텨 왔지만 몇 개월 후면…… 힘들어질 것 같습니다."

"내가 왜 도와야 하지?"

"풍천의 전력을 갉아 놓으면 그 자체로 득이지 않습니까. 또한 우리가 버티며 버틸수록 시간을 버는 셈이니 가능한 많이 부탁드립니다."

흑월의 어조에서 간절함이 느껴졌다.

연후는 다시 차를 한 모금 마시고는 조용히 흑월을 직시했다.

"수하들을 데리고 왔나?"

"스물가량이 숲에서 기다리고 있습니다."

피식.

"내가 빌려줄 거라 확신하고 있었던 모양이군."

"달리 방법이 없으니까요."

마침 철우가 무사 두 명과 함께 술상을 들였다.

쪼르륵.

연후는 빈 잔에 술을 채워 흑월의 앞으로 내밀며 물었다.

"보름 정도 시간이 되나?"

"하루라도 빨리 돌아가야 합니다."

"푼돈을 가져갈 순 없잖아."

"……."

"그때까지 이곳에서 머물며 심신을 달래도록 해. 수하들도 이곳으로 데려오고."

"감사합니다."

"감사할 거 없어. 공짜가 아니니까. 마셔."

"예."

흑월이 두 손으로 술잔을 잡았다. 그런 그의 눈가가 살짝 붉어져 있었다.

"꽤 힘들었던 모양이군."

주르륵!

그 말에 흑월이 기어코 눈물을 쏟았다. 잡은 술잔이 흔들리며 술이 탁자 위로 떨어졌다.

퍼석!

술잔이 흑월의 수중에서 산산조각이 나 버렸다.

"너무 많은 사람이 죽었습니다. 조원들도 다섯 명을 제외한 모두가 목숨을 잃었습니다. 그들의 가족까지 전부……."

붉게 충혈되어 가는 흑월의 얼굴이 붉게 달아올랐다. 실내에 휘몰아치는 것은 지독한 원한이 만들어 낸 증오와 적개심이었다.

"제 꿈이 변하지 않았냐고 물었습니까?"

연후는 묵묵히 지켜볼 뿐이었다.

흑월이 씹어뱉듯이 말을 이었다.

"꿈은 변하지 않았습니다. 하나 변한 것도 있습니다."

바르르…….

"악마에게 영혼을 파는 한이 있더라도 풍천, 놈만큼은 반드시 죽이고야 말 것입니다."

* * *

남만군의 군영 북쪽, 중원연합의 군영.

휘이잉!

바람에 흔들리는 사천성의 우거진 숲을 응시하는 흑월의 두 눈은 텅 비어 있었다.

꿈과 대업을 향한 길에서 가장 걸림돌이었던 금제는 사라졌다. 간절했던 돈도 해결되었다.

그럼에도 마음은 천 근 바위로 눌러놓은 것처럼 한없이 무겁기만 했다.

'내가 해낼 수 있을까?'

풍천이 떠올랐다.

전장에서 자신을 향해 악귀처럼 웃던 그를 떠올리면 주체할 수 없는 분노와 살기와 더불어 체념이라는 괴물이 머리를 내밀곤 했다.

'놈은 여전히 강하다. 또한 휘하의 세력은 과거보다 더 강력하게 변모하고 있다. 그런 놈을 과연 내가…….'

지금도 그러했다.

그때였다.

"조장."

조원 하나가 다가왔다.

흑월은 눈빛을 고쳤다.

"드십시오. 대지존께서 갖다 드리라고 하셨습니다."

조원이 내민 것은 금박을 입힌 술 한 병이었다.

"다른 아이들은?"

"조금 전에 식사를 끝내고 쉬고 있습니다."

"나는 괜찮으니 가서 같이 나눠 마시도록 해."

"저희들 것도 넉넉히 받았습니다. 하니 드십시오."

흑월은 그제야 술병을 받아 마개를 열었다. 한 모금 마시니 식도부터 배 속까지 찌르르한 기운이 흘러내리며 혼란스럽던 마음이 조금은 가라앉았다.

"언제 돌아갑니까?"

"보름 정도는 기다려야 할 것 같다."

"조장께서 돌아가실 때까지 왕궁이 버텨 줄 수 있을까요?"

"걱정하지 마라. 풍천은 당장 왕궁을 공격할 마음이 없다. 우린 놈이 세력을 확보할 때까지 대비를 철저히 갖추면 된다."

"차라리…… 대지존께 병력을 요청하시는 것은 어떨는지요."

흑월의 입에서 나지막한 한숨이 흘러나왔다.

"그러기에는 너무 먼 곳이지 않느냐."

"……."

사실 흑월도 그러고 싶은 마음이 굴뚝같았다.

하지만 그러기에는 동영은 중원에서 너무 먼 곳에 위치해 있었다. 입장을 바꿔 생각을 해 봐도 결코 받아들일 수 없는 부탁이었다.

그때였다.

"조장, 대지존의 호위가 옵니다."

철우가 다가왔다.

벌컥벌컥!

흑월이 술을 한 모금 더 마시고는 돌아섰다.

한때 철우만큼은 자신의 손으로 죽이고야 말겠다는 생각을 가졌던 흑월이었다.

하지만 지금은 부러움의 대상이었다.

하늘 아래에서 가장 강력한 주군을 모시고 기라성 같은 고수들과 함께하며 중원 천하를 아우르는 철우가 이 세상 누구보다 부러웠다.

"마시고 있었군."

철우가 술병을 들어 보였다.

흑월이 쥐고 있는 술과 같은 것이었다.

"대지존께서 주셨소."

휙!

"뒀다가 나중에 마셔."

"……."

척!

흑월은 날아든 술병을 잡았다. 철우는 그대로 돌아섰고, 곧 흑월의 시야에서 멀어졌다.

"잠깐."

흑월이 부르자 철우가 걸음을 멈추고 돌아섰다.

둘의 시선이 이내 얽혀들었다.

"이 전쟁…… 언제까지 할 생각이오?"

"나도 몰라."

"……."

"모든 것은 주군께서 결정하신다. 나는 그저 따를 뿐. 한데 그건 왜 묻는 거지?"

"남만 따위가 중원무림의 상대가 되진 못할 텐데, 소강상태를 이어 간다니 이해가 가지 않아서……."

"주군께서는 아군의 피해가 커지는 것을 싫어하신다. 과거에도 그러하셨고, 이후에도 그러하실 테지. 나 역시 같은 생각이고."

“또 다른 적에게 시간을 주는 꼴이지 않소?”

“또 다른 적이 있다고 생각하나?”

“…….”

피식.

“없어, 그런 거.”

그 말을 끝으로 철우는 숲 너머로 사라졌다.

흑월은 다시 풍천을 떠올리며 씁쓸한 눈빛을 지었다.

‘틀린 말은 아니구나. 놈도 대지존 앞에서는 적수조차 되지 못하니 말이야.’

휘이잉!

바람이 흑월의 얼굴을 할퀴고 지나갔다. 흑월은 손을 들어 머리카락을 쓸어내려다가 눈빛을 발했다.

저만치 앞에서 누군가 모습을 드러내고 있었다. 마치 지옥에서 막 뛰쳐나온 야차와도 같은 분위기를 풍기는 장대한 체구의 사내.

바로 악마도 백운이었다.

그의 뒤로 북로검단도 모습을 드러내고 있었다.

“……엄청난 기도입니다. 저렇게 패도적인 기운은 본 적이 없는데 말입니다.”

백운을 보며 말하는 조원의 목소리에서 긴장한 기색이 역력하게 느껴졌다.

‘대지존의 휘하에는 저런 자가 몇 명이나 더 있을까?’

흑월이 백운을 쳐다보며 이런 생각을 할 때, 백운이 이쪽을 돌아봤다.

흑월도 백운을 응시했다.

씨익.

백운이 이를 드러내며 웃었다. 그러고는 이내 맞은편 숲으로 사라졌다.

그때였다. 이번에는 좌측 숲에서 두 명이 모습을 드러냈다.

이번에는 흑월이 먼저 눈빛을 떨었다.

그의 눈빛을 떨게 만든 이들은 악소와 백무영이었다.

"쿨럭!"

조원이 마른기침을 했다. 둘의 기도에 압도당한 것이다.

악소와 백무영도 이내 숲 너머로 사라졌다.

그 직후였다.

"오랜만이오?"

낭랑한 목소리가 뒤에서 울렸다.

돌아선 흑월의 눈에 다가오는 서백과 육손의 모습이 비수처럼 박혀 들었다.

'너는 결코 이들의 상대가 못 된다, 풍천.'

4장

# 흑월의 눈물

北天戰記

# 흑월의 눈물

"헉헉헉!"

거친 숨을 토하는 두 명의 흑포인.

그들은 저만치 앞에서부터 보이기 시작한 사천당가를 향해 쉬지 않고 걸었다.

털썩!

뒤를 따르던 흑포인이 힘없이 쓰러졌다.

"이봐! 정신 차려!"

"폐가 터질 것 같다. 조금만…… 쉬었다가 가자."

"그래. 어차피 다 끝난 거, 조금 늦게 보고드린다고 뭐가 달라지겠냐. 쉬자."

다른 흑포인이 곁에 주저앉으며 물주머니를 꺼내어 동료에게 내밀었다.

"고맙다."

벌컥벌컥!

"그나저나 조장님이 저곳에 계시긴 한 걸까?"

"대지존을 찾아 떠나셨으니 분명 저곳에 계실 거다."

"빌어먹을……. 하필이면 조장님이 안 계실 때 쳐들어오다니……."

주르륵!

흑포인의 뺨을 타고 굵은 눈물이 흘러내렸다. 옆의 흑포인도 비통한 표정을 지으며 입술을 깨물었다.

그런 그들의 뒤에서 수십 명에 달하는 흑포인이 하나둘 모습을 드러내기 시작했다. 모두가 지친 기색이 역력했고, 몇 명은 심한 부상을 입고 있었다.

"조장이 계신 곳이 저깁니까?"

"일단 가 봐야 하니 다들 이곳에서 휴식을 취하도록 해."

"예."

흑포인이 일어섰다.

"나 혼자 다녀올 테니 너도 쉬고 있어라."

"무슨 소리야. 같이 가야지."

두 흑포인은 다시 사천당가를 향해 걸었다.

그리고 잠시 후, 사천당가의 무사들이 그들의 앞을 가로막으며 나타났다.

"멈추시오!"

두 흑포인이 손을 어깨 위로 들었다.

"혹시 신풍조장께서 이곳에 오시지 않으셨소?"

"그걸 어떻게……."

무사의 반응에 두 흑포인은 서로를 쳐다보며 안도의 숨을 내쉬었다.

* * *

흑월은 모처럼 깊은 잠에 빠졌다.

동영을 떠나 이곳까지 오면서 제대로 쉬어 본 적이 없는 까닭에 그의 심신은 매우 지쳐 있는 상태였다.

그날 흑월은 악몽을 꾸었다. 그리고 깨어났을 때, 온몸이 식은땀으로 흥건히 젖어 있었다.

'빌어먹을…….'

흑월은 고개를 숙이며 한숨을 토했다.

그때였다.

"조장님!"

측근이 막사 안으로 들어섰다.

"무슨 일이냐?"

"그게……."

측근이 말을 잇지 못하더니 이내 눈물을 쏟았다.

흑월의 낯빛이 변했다.

"무슨 일이냐니까!"

"왕궁이…… 왕궁이 풍천의 수중에 들어갔다고 합니다."

"……!"

흑월은 순간 머릿속이 하얗게 변했다.

측근이 울먹이며 말을 이었다.

"조장님께서 떠난 직후 바로 공격을 해 왔다는 것을 보면 왕궁 내에 풍천의 첩자가 있었던 것 같습니다. 아니면 조장께서 떠나신 것을 풍천 쪽에서 알 리가 없지 않겠습니까?"

"그걸 어떻게 알게 되었느냐!"

"간신히 탈출에 성공한 인자들이 이곳에 왔습니다."

그때였다.

"조장님!"

"크흑!"

막사 밖에서 흐느끼는 소리가 흘러들었다.

흑월은 겉옷도 걸치지 않은 채 막사 밖으로 나섰다. 그가 나서자 인자들이 땅에 머리를 찧으며 통곡하기 시작했다.

바르르…….

세차게 흔들리는 흑월의 눈동자가 서서히 붉게 변해 가

더니 이내 눈물을 쏟았다.

* * *

"인자들이 왔단 말이냐?"

"예. 하는 말을 들어 보니 흑월이 성을 떠난 직후 풍천이 왕궁을 점령한 것 같습니다."

철우의 보고에 연후는 미간을 좁혔다.

"흑월이 풍천과의 정보전에서 제대로 당한 모양이군."

"최측근들에게만 전하고 떠났는데 풍천이 그 사실을 알았다면 왕궁 내부에 첩자가 있었던 것 같습니다."

"그럴 테지."

신휘가 무거운 어조로 말했다.

"이러면 풍천이 조만간 다시 침공을 해 올 가능성이 높아졌군."

연후는 묵묵히 고개를 끄덕였다.

당장은 중원보다 해동이 문제였다.

'내가 풍천이라도 해동을 먼저 치려고 할 텐데…….'

일차 침공 때 풍천의 가장 큰 패배의 원인은 이정무가 이끄는 해동의 함대에게 제해권을 완벽하게 내준 것이었다.

그걸 뼈저리게 깨달았을 풍천이니 당연히 해동부터 치

려고 들 터였다.

연후는 마음이 편치 않았다. 몰랐다면 모르되, 자신의 뿌리가 해동임을 알았으니 좌시할 수만은 없는 노릇이었다.

그때 신휘의 목소리가 상념을 깨트렸다.

"무슨 생각을 그렇게 하나?"

"그냥 이런저런……. 일단 흑월을 만나 봐야겠어."

"데리고 오겠습니다."

"아니다. 내가 가서 만나 보마."

"예."

연후는 곧장 흑월의 막사로 향했다.

막사 주변에 모여 있던 인자들이 그를 보고는 일제히 자리에서 일어나 머리를 숙였다.

연후는 부상자들을 차례로 응시하고는 철우에게 지시했다.

"저 친구들을 데리고 가서 치료부터 해 주도록 해. 나머지도 뭘 좀 먹이도록 하고."

"알겠습니다."

철우가 인자들과 함께 군영 외곽으로 향하자, 연후는 곧장 막사로 들어갔다.

"어서 오십시오."

흑월의 측근이 머리를 조아렸다. 넋을 놓고 앉아 있던

흑월도 힘없이 일어섰다.

"그냥 앉아 있어."

흑월이 다시 앉으며 고개를 떨구었다.

연후는 말없이 흑월을 응시하다가 측근을 돌아보며 말했다.

"인자들이 머물 막사를 지어 줄 테니 다들 한곳에서 지내도록 해."

"감사합니다."

연후는 다시 흑월을 응시했다.

"마음이 좀 가라앉으면 찾아오도록 해."

연후는 그 말만 하고 막사를 나섰다.

그때 흑월이 입을 열었다.

"도와주십시오."

연후는 걸음을 멈추고 뒤돌아섰다.

그 순간 흑월이 자리에서 일어나더니 바닥에 이마를 찧으며 엎드렸다.

쿵!

"풍천을 죽일 수 있게 도와주십시오! 도와주신다면…… 저 흑월, 목숨이라도 바치겠습니다!"

연후는 번져 가는 피를 내려다보며 미간을 좁혔다. 그러고는 무심히 말했다.

"나중에 따로 얘기하도록 하지."

연후는 다시 돌아섰다.

이 한마디를 더 던지고.

"애석하게 생각한다, 흑월."

* * *

해동 부산포.

휘이잉!

완연한 겨울로 접어든 부산포의 바람은 칼날 같은 한기를 품고 있었다.

이정무는 파도가 넘실대는 바다가 한눈에 내려다보이는 사령부의 거처에서 찻잔을 기울이고 있었다.

"물을 더 따를까요?"

"좋지."

쪼르륵.

김철이 찻잔에 차를 더 채우며 물었다.

"중원이 남만과 전쟁 중이라고 하던데, 역시 이번에도 거뜬히 물리치겠죠?"

"남만은 결코 중원의 상대가 못 된다. 놈들이 제 분수를 모르고 멸망을 자초한 꼴이지."

"한데 왜 전쟁이 길어질까요? 대장군님 말씀처럼 상대가 되지 못하는 남만군이면 진즉에 끝장을 봐 버렸어야지 않습니까?"

"뭔가 사정이 있겠지."

그때였다.

"대장군!"

강회가 허겁지겁 뛰어들었다.

이정무가 미간을 좁혔다.

"무슨 일인데 호들갑이냐."

"풍천, 그 자슥이 동영의 왕궁을 점령했다고 합니다!"

"……뭐?"

"흑월이 글마가 잠시 궁을 비웠는데, 그때 고마 확 들이쳐가 꿀꺽 해 버렸다고 합니다."

"그걸 누구에게서 들었느냐!"

"인자 몇 명이 방금 우리 군영을 찾아왔습니다. 꼬락서니를 보니 죽다 살아난 것 같던데…… 데려올까요?"

"아니다. 내가 가마."

"예."

이정무는 자리를 박차고 일어서서는 밖으로 나섰다. 그리고 잠시 후, 초췌한 몰골로 힘없이 앉아 있던 인자들을 만났다.

인자들은 그에게 모든 것을 털어놓았다.

말을 들으면서 이정무의 낯빛은 점점 무겁게 변해 갔다. 특히 풍천이 이전보다 더 강력한 세력을 구축했다는 대목에서는 지그시 눈을 감기도 했다.

잠시 후 이정무는 측근들에게 지시했다.

"이자들에게 먹을 것과 옷을 내주고 거처까지 마련해 주도록 하거라."

"알겠습니다."

이정무는 다시 거처로 향했다.

'더 강력해졌다면 중원보다는 우리를 먼저 치려고 들겠군.'

돌아가는 그의 걸음은 무거울 수밖에 없었다.

* * *

흑월은 연후의 뒤를 걸었다.

연후는 한동안 말없이 걷기만 했고, 흑월도 그의 뒤를 묵묵히 따랐다.

흑월의 안색은 초췌하기 짝이 없었다.

왕궁이 풍천에게 넘어갔다는 사실을 안 이후로 그는 며칠째 식음을 전폐하며 홀로 막사 안에서 머물렀다. 그러다가 오늘 아침 연후가 찾아오면서 함께 밖으로 나선 것이다.

흑월은 여전히 비통에 젖어 있었다.

잠시 후 연후는 숲 한가운데에 위치한 자그마한 호수에

이르러 걸음을 멈췄다.

호수 주변은 수천 명의 혈왕군이 철통같은 경계를 서고 있었다. 호수는 중원연합군에게는 생명수나 다름없는 곳이었다.

연후가 걸음을 멈추자 흑월도 걸음을 멈췄다.

“이제 좀 가라앉혔나?”

“조금은…….”

“전혀 그렇지가 않은 것 같은데.”

“…….”

연후는 호수를 바라보며 슬며시 미간을 좁혔다. 오늘따라 햇살이 눈이 부시도록 강렬했다.

“과거 나는 주군을 향한 너의 충정을 높게 샀었다.”

“풍천이 아닌 제 조국, 동영을 위한 충정이었습니다.”

“그래. 이후에 그렇다는 것을 알았지.”

연후는 뒷짐을 진 채 다시 걸었다. 흑월이 거리를 유지하며 그 뒤를 따랐다.

“내게 도와 달라고 했지?”

“도와주시면 목숨을 바치겠습니다.”

“네 목숨을 그렇게까지 크게 쳐줘야 할 가치가 있을까? 너도 알다시피 내 주변에 너 정도의 고수는 수두룩한데 말이야.”

“…….”

바르르…….

풍천의 눈가에 잔경련이 일어났다.

연후의 무심한 목소리가 뒤를 이었다.

"다른 걸 걸어 봐."

"……예?"

"네 목숨보다 더 가치가 있는 것을 걸어 보라고."

"……!"

흑월이 걸음을 멈췄다.

연후도 걸음을 멈추고는 흑월을 돌아봤다. 둘의 시선이 허공을 격하고 얽혀들었다.

뒤이어 흑월이 땅에 엎드리며 이마를 찧었다.

쿵!

"거둬 주십시오."

"거둬 주면?"

"온 마음을 다해 따르겠습니다!"

충성으로 대신하면 될 표현이었다. 흑월의 마음이 그러했고, 연후도 그렇게 받아들였다.

연후는 흑월의 정수리를 내려다보며 한동안 침묵을 지켰다. 흑월은 그가 허락할 때까지 숙인 몸을 일으킬 생각이 없었다.

침묵은 오래가지 않았다.

"수하들과 함께 해동으로 가라. 가서 이 대장군을 보필

하고 있으면, 때가 되었을 때 나도 그곳으로 갈 것이다."

"대지존의 명에 따르겠습니다!"

쿵!

흑월이 다시 한번 이마를 땅에 찧었다.

연후는 흐릿하게 웃었다.

"내 수하들은 나를 그렇게 부르지 않아."

"……!"

한차례 멈칫한 흑월이 다시 이마를 찧었다.

쿵!

"주군의 명에 따르겠습니다!"

"일어서라, 흑월."

흑월이 일어섰다. 연후는 손을 들어 그의 이마에 묻어 있는 흙과 풀을 털어 내며 말을 이었다.

"오늘 이후로 누구한테도 무릎을 꿇는 일은 없어야 할 것이다."

"예!"

"기다려. 머지않아 네 복수와 네가 가고자 하는 길에 나도 동참해 줄 테니까."

바르르…….

흑월이 전신을 떨었다.

뒤이어 뺨을 타고 눈물이 흘러내렸다.

"눈물도 오늘까지만 허락하지."

"예!"

"철우."

"예."

철우가 유령처럼 모습을 드러내었다.

"이 친구와 수하들에게 북천의 무복을 내주도록 해."

"북천의 무복을…… 말입니까?"

"그래."

"알겠습니다."

백야벌이 아닌 북천의 휘하에 든다는 것은 완전히 다른 의미였다.

그것을 알기에 흑월은 다시 한번 왈칵 눈물을 쏟았다.

* * *

흑월이 해동으로 떠나는 날.

흑월은 물론이고, 인자들까지 북천의 무복을 입고 있었다.

연후는 그에게 이정무에게 전할 친서를 건넸다.

흑월과 인자들은 머리를 조아린 뒤 해동으로 떠났고, 연후는 그들의 모습이 시야에서 사라질 때까지 자리를 지켰다.

그리고 며칠 후, 운남성과 사천성의 남쪽 접경지대.

현진이 끝없이 펼쳐진 산악 지대를 응시하며 나지막이 숨을 골랐다.

"후우……."

남만에서 이곳까지 지옥행군을 한 까닭에 현진의 온몸은 땀으로 흥건히 젖어 있었다.

북궁천이 다가왔다. 그 역시 걸을 때마다 몸에서 수증기가 올라올 정도로 온몸이 뜨겁게 달구어져 있었다.

"무사들이 너무 지쳤으니 오늘은 여기서 밤을 보내야 할 것 같습니다."

"예. 그렇게 하시지요."

둘은 나란히 북쪽을 응시했다.

북궁천이 물었다.

"곧장 적의 후방을 압박할 생각입니까?"

"예. 아마 주군께서도 그것을 원하고 계실 겁니다."

"우리가 합류하면 끝장을 보려 하시겠군요."

북궁천의 그 말에 현진은 묵묵히 고개를 끄덕였다.

그때였다.

"가주!"

검가의 군사 백도량이 다가왔다. 그런 그의 뒤에 무사 한 명이 따라오고 있었다.

무사가 현진과 북궁천을 향해 머리를 조아리고는 말했다.

“대지존께서 곧장 적의 후방을 압박하라 하셨습니다.”

“그것 때문에 여기서 기다리고 있었소?”

“예. 오늘로 나흘째입니다.”

현진과 북궁천은 서로를 쳐다보며 웃었다. 자신들의 예상이 맞아떨어진 까닭이다.

북궁천이 무사에게 물었다.

“전황은 어떠하오?”

“몇 번의 국지전을 비롯하여 기습전은 있었지만 여전히 대치 상태를 이어 가고 있습니다.”

“우리가 기습을 했소?”

“예. 대공께서 직접 기습전에 참전하셨습니다. 덕분에 적의 군영에 상당한 피해를 입혔습니다.”

이번에는 현진이 물었다.

“병력 증강은 하지 않았소?”

“아닙니다. 적의 후발대를 요격하기 위해 나섰던 병력과 본대의 병력이 모두 합류하였습니다.”

“수고 많았소.”

“아닙니다. 하면.”

“잠깐. 주군께 전할 말씀이 있으니 잠시 기다리시오.”

잠시 후 친서를 받은 무사가 돌아가자, 현진은 북궁천을 돌아보며 말했다.

“역시 저희가 합류하면 전면전을 시작하시려는 모양입

니다."

"하면 서둘러야 할 것 같은데……."

"아닙니다. 무사들이 체력을 회복하는 것이 중요하니 오늘은 여기서 밤을 보내도록 하시지요."

"알겠습니다."

현진과 북궁천은 병력이 있는 곳으로 내려갔다. 이미 무사들은 하룻밤을 머물 막사를 세우고 밥을 지을 준비를 하느라 여념이 없었다.

"하면 아침에 뵙지요."

"예, 가주."

북궁천은 검가의 병력이 있는 곳으로 돌아갔고, 현진은 무사들이 먼저 세워 놓은 막사로 들어갔다.

* * *

한편 무림맹은 본대에서 조금 떨어진 곳에 자리를 잡았다.

맹주 혜몽이 화산파의 청공, 무당파의 진명과 함께 대화를 나누며 껄껄 웃었다.

"이번 남만 정벌에서 우리의 힘을 제대로 보여 준 것 같아 흡족하기 짝이 없습니다. 하하하!"

"그렇습니다. 다만 대지존께 그 모습을 보여 드리지 못한 것이 못내 아쉬울 따름입니다."

"저도 그렇습니다."

"그렇습니까? 빈승은 술이 없는 것이 더 아쉽습니다. 하하하!"

"하하하!"

셋 다 표정이 밝았다.

그도 그럴 것이 혜몽의 말처럼 남만 정벌에서 무림맹은 혁혁한 전공을 세웠다.

가장 먼저 성곽을 넘어가 적의 중심부를 타격했고, 그 과정에서 혜몽은 적군의 총사 역할을 하던 자의 목을 베기까지 했다.

덕분에 평소 그들을 얕잡아 봤던 팔대가문의 무사들의 인식을 제대로 바꿔 놓을 수 있었다.

진명이 말했다.

"이 전쟁이 끝나면 북벌에 나설 텐데, 그때 저희도 당연히 가야 하지 않겠습니까?"

"물론입니다."

"그땐 대지존의 곁에서 싸우도록 합시다. 우리가 얼마나 대단한지 제대로 보시게끔 말입니다. 하하하!"

화기애애한 분위기가 얼마나 흘렀을까?

휘리릭!

나한 한 명이 바람처럼 달려왔다.

"장문인, 전방에 남만군으로 추정되는 자들이 다수 나타났습니다."

"그래?"

혜몽이 자리를 박차고 일어서며 씩 웃었다.

"아미타불. 또다시 살계를 열어야 할 때가 온 것 같습니다."

"같이 가시지요."

진명과 청공도 검을 챙겨 일어섰다.

나한이 물었다.

"군사께 먼저 보고를 드려야지 않겠습니까?"

"뭐 이런 것까지 보고를 드려. 그냥 우리끼리 해결한다."

그때였다.

"적이다!"

군영 좌측에서 소란이 일더니 혈가의 무사들이 우르르 뛰쳐나갔다. 뒤를 이어 월가의 무사들도 질세라 몸을 날렸다.

혜몽의 얼굴이 일그러졌다.

"이런 빌어먹을 아미타불 같으니……."

* * *

밖에서부터 전해진 소란에 현진은 막사를 나섰다.

뇌검이 다가왔다.

"무슨 일이냐?"

"적이 나타난 것 같습니다. 혈가와 월가, 무림맹이 먼저 그곳으로 움직였습니다."

현진의 미간에 주름이 잡혔다.

"마땅히 보고부터 해야 하거늘……."

"가 보시겠습니까?"

"그래. 가 보자꾸나."

현진은 먼저 몸을 날렸다. 뇌검과 그의 수하들이 뒤를 쫓았다.

잠시 후 현진은 숲이 끝나는 지점에 무릎을 꿇고 앉은 수백 명의 남만군과 그 주변을 에워싸고 있는 연합군을 발견하고는 땅으로 내려섰다.

그가 다가가자 혜몽이 포권을 취했다.

"퇴각하던 적군을 생포했습니다."

"지금 퇴각이라고 했습니까?"

"예. 잡아서 심문하니 남만으로 돌아가는 중이라고 했습니다. 아무래도 탈영을 한 놈들인 것 같습니다."

현진은 성큼 남만군을 향해 다가갔다.

"탈영을 한 것이냐?"

"……예."

"어찌하여 탈영을 하였느냐?"

"그게……."

남만군은 현진에게 자초지종을 상세하게 털어놓았다. 그의 말에 따르면 남만군 진영에 동요가 크게 일어났으며, 하루에도 수십 명, 많게는 수백 명까지 탈영하는 무사들이 속출하고 있다 했다.

현진의 귀를 솔깃하게 만든 것은 동요가 일어난 원인 중 하나였다.

"많은 무사들이 더 이상 군사를 신뢰하지 않고 있습니다."

현진은 눈빛을 가라앉혔다.

'신뢰를 잃은 서문회라……. 하면 이 전쟁은 해 보나 마나 한 것이 되었구나.'

* * *

연후는 현진의 전서를 펼쳤다.

'이틀 후라…….'

전서에는 이틀 후면 적의 후방까지 올라올 수 있을 것이라 적혀 있었다.

연후는 어둠에 잠겨 있는 남만군의 군영을 응시하며 눈빛을 가라앉혔다.

'이 전쟁을 끝내도 북벌은 미룰 수밖에 없다. 내겐 북벌

보다 해동이 더 중요하다.'

풍천의 부활.

그것으로 인해 또다시 북벌을 미룰 수밖에 없게 되었다. 흑월의 말처럼 풍천은 해동을 먼저 치려고 들 테니 결코 좌시할 수 없었다.

문제는 어떻게 돕느냐 하는 것이었다.

병력을 움직이려면 다른 이들의 이해가 우선이었다. 아무리 대지존이라도 명분 없이 해동을 돕자고 나설 순 없는 노릇이었다.

요 며칠 동안 연후는 모두의 이해를 구할 수 있을 명분을 찾아 고심 중이었다.

철우가 물었다.

"무슨 걱정이라도 있으십니까?"

"아무것도 아니다."

"안색이……."

"그냥 생각할 것이 좀 있어서 그렇다. 바람 좀 쐬고 올 테니 따라나서지 말거라."

"해동 때문입니까?"

"때가 되면 말해 주마."

연후는 철우를 뒤로하고 어둠 속을 향해 걸었다.

그런 그의 뒷모습을 바라보는 철우의 눈빛이 조금은 무거워 보였다.

잠시 후, 동방리가 연후의 거처에 방문했다.

"그분은요?"

"산책을 다녀오시겠다며 저곳으로 가셨습니다."

"혼자서요?"

"예. 저더러 따라나서지 말라고 하셨습니다."

"제가 가 볼게요."

"그러지 않는 것이 좋을 것 같습니다. 고민이 있으신 것 같았습니다."

동방리의 얼굴이 이내 수심이 드리웠다. 사실 그녀도 연후가 요즘 들어 분위기가 어둡다는 것을 느끼고 있었다.

동방리는 흑월을 떠올렸다.

'그 사람이 다녀간 이후부터였어.'

* * *

"뭐라? 또 수백 명이 사라져?"

서문회의 얼굴이 일그러졌다.

요 며칠 사이에 벌써 삼천에 달하는 무사들이 군영을 떠났다.

세 차례나 연이은 기습을 당한 이후, 점차 동요가 심해지는 기색이 엿보이자 부관들에게 각별히 유의하라 지시해 두었음에도 소용이 없었다.

"어떻게 보느냐?"

"……예?"

"왜 무사들이 군영을 떠난다고 생각하느냐?"

순간 멈칫했던 장한은 조심스럽게 대답했다.

"적에 대한 두려움 때문인 것 같습니다. 세 번의 기습전에서 너무나도 압도적인 적의 무력을 목격한 터라……."

하지만 그것은 본심이 아니었다.

차마 군사에 대한 신뢰가 무너져 도망치는 것이라고는 말할 수 없었다. 그랬다가는 자신의 목이 날아갈 수도 있었으니까.

그는 어떻게든 목구멍까지 올라온 말을 대신하여 다른 변명을 둘러댄 것이었다.

"이 시간 이후부터 탈영을 하는 놈들은 그 자리에서 목을 베어 모두의 본으로 삼아야 할 것이다! 알겠느냐!"

"……예, 군사."

장한이 돌아가자 서문회는 막사 한쪽에 있던 술병을 들어 입으로 가져갔다.

벌컥벌컥!

'미개한 것들. 한낱 적에 대한 두려움 때문에 대업을 포기하다니…….'

신뢰가 무너진 것은 서문회도 마찬가지였다. 아니, 더

정확하게 말하자면 가슴 저편에 밀어 놓았던 남만군에 대한 경멸이 머리를 내밀기 시작한 것이었다.

'묘인들이 속히 돌아와 줘야 한다. 만에 하나 그들이 돌아오기 전에 놈들이 총공격을 해 오면 막을 방도가 없다.'

퍼석!

술병이 서문회의 수중에서 산산조각이 나 버렸다. 흘러내린 술이 장포를 적셨지만 서문회는 그 자리에서 미동조차 하지 않았다.

그 역시 흔들리고 있었던 것이다.

'또 떠나야 한단 말인가? 또…….'

이미 흔들리기 시작한 내면이 걷잡을 수 없는 불안의 소용돌이로 빠져들자 서문회는 겉옷을 걸치고 막사를 나섰다.

그리고 그가 향한 곳은 중원연합군의 군영이 있는 북쪽이었다.

"군사! 어디 가십니까?"

"잠시 바람 좀 쐬고 올 테니 따라나서지 말거라."

"예!"

서문회는 곧장 어둠 속으로 몸을 날렸다. 그리고 잠시 후, 중원연합군의 군영이 한눈에 내려다보이는 능선으로 올라섰다.

어둠 속에서 곳곳이 횃불로 밝혀진 중원연합군의 군영은 마치 하나의 거대한 꽃과 같았다.

서문회는 방대하기 짝이 없는 군영을 내려다보며 눈빛을 가라앉혔다.

'놈들이 총공격을 해 오지 못할 거라는 안이한 생각 때문에 지금껏 정찰에 너무 소홀했구나.'

일부러 횃불을 많이 밝혀 놓은 것이 아니라면 병력의 규모는 자신들에 필적할 만한 했다. 이미 수적 우위는 사라진 지 오래였던 것이다.

그것도 불과 며칠 사이에.

'사천당가에 있던 병력이 내려온 것이면 응숙, 놈은 왜 지금껏 아무런 보고조차 않았단 말인가.'

사천당가로 올라간 응숙에게서 지금껏 아무런 보고조차 없었다. 그저 시간이 조금 걸리는 것이겠거니 하고 기다려 왔던 서문회로서는 마음이 무거워질 수밖에 없었다.

'직접 확인을 해 볼 수밖에.'

서문회는 중원연합군의 군영을 향해 은밀히 움직이기 시작했다.

잠시 후, 군영이 가까워지자 곳곳에서 날카로운 기운이 느껴졌지만 작정하고 은신을 한 그를 발견할 수 있는 자는 없었다.

서문회가 가장 먼저 한 것은 경계를 서고 있던 세 명의 무사를 죽이고 그중 한 명의 옷을 벗겨 환복하는 것이었다.

순식간에 소리조차 없이 세 명을 죽인 서문회는 환복을 한 후에 군영으로 들어섰다.

야심한 시각인 까닭에 군영은 조용했다.

곳곳에 경계를 서는 무사들이 있었지만 대부분은 군영 외곽을 지키고 있어서 상대적으로 군영 내부는 경계가 덜했다.

서문회는 불빛이 미치지 않는 곳을 이용해 점점 더 안쪽으로 향했다. 그러다가 한 막사를 지나갈 때, 안에서 흘러나온 목소리가 그의 발목을 붙잡았다.

"곧 있으면 총공격이 시작될 것 같던데…… 백야벌의 대지존이 우리더러 남만군을 공격하라고 하면 어떡합니까?"

서문회의 두 귀가 쫑긋 세워졌다. 귀에 익은 목소리였던 까닭이다.

하지만 누구의 목소리인지 기억이 가물거렸다.

바로 그때, 또 다른 목소리가 흘러들었다.

"우리 부족을 위해서라면 시키는 대로 해야지 않겠느냐."

서문회의 두 눈이 한없이 커졌다.

뒤이어 흘러나온 목소리.

그것은 바로 서문홍의 목소리였다.

파르르…….

'이놈들이 왜 이곳에…….'

서문회의 머릿속이 상상의 그림으로 채워지기 시작했다. 뒤이어 주체할 수 없는 살기가 그의 동공을 핏빛으로 물들였다.

'감히 배신을…….'

분노에 사로잡힌 서문회는 묘인들이 사로잡혔을 수도 있다는 가능성을 생각조차 하지 않았다.

이 순간 그의 머릿속은 오직 죽여야겠다는 일념뿐이었다.

서문회는 막사의 문을 열고 들어갔다.

"뉘시오?"

"엇!"

"헉!"

막사 안에는 서문홍과 묘인 다섯 명이 있었다. 그들은 들어서는 서문회의 얼굴을 확인하고는 경악했다.

서문홍이 벌떡 일어서며 외쳤다.

"군사께서 여긴 어떻게……."

뒷말은 이어지지 못했다. 서문회의 손을 떠난 혈광이 서문홍의 미간을 꿰뚫어 버린 탓이었다.

퍽퍽!

막사 안에 혈광이 난무했다.

혈광은 묘인들이 감당할 수 없는 아수라마공의 강기였다.

퍼퍼퍽!

"크악!"

"으악!"

서문회는 홀로 남은 묘인의 목을 잡고 물었다.

"다른 놈들은 어디 있느냐!"

"여, 옆 막사……."

으드득!

서문회는 곧장 바로 옆의 막사로 뛰어들었다. 그다음은 볼 것도 없었다.

땡땡땡!

종소리가 요란하게 울렸다.

뒤이어 사방에서 무사들이 뛰쳐나왔다. 서문회는 무시하고 또 다른 막사를 덮쳤고, 그 안에 있던 묘인들을 모조리 죽였다.

피를 뒤집어쓴 그의 몰골은 지옥에서 막 뛰쳐나온 악귀와 다를 바 없었다.

여전히 분노가 가시지 않았는지 그의 전신에서 흘러나온 혈광이 주변을 붉게 물들였다.

분노의 이면에는 고통이 섞여 있었다.

가장 강력한 방패였던 묘인들이 사라졌다. 그들이 사라짐으로써 이제 중원연합군을 막을 길이 사라지고 말았다.

서문회는 혼란스러웠다.

그렇다면 연후는 왜 지금까지 공격을 하지 않고 기다렸던 것일까?

그것만이 아니었다. 세 번의 기습에서 중원연합은 묘인들을 철저히 피하는 모습을 보여 주었다.

'도대체 무엇을 노리고……'

서문회는 그 의도를 짐작조차 할 수 없었다.

그때였다.

"적이다!"

"저쪽이다! 서둘러라!"

무사들이 달려왔다.

쾅!

땅을 박차고 뛰어오른 서문회는 그대로 어둠 속으로 몸을 날렸다. 외곽 경계를 서다가 달려오던 무사들이 그의 손속에 피를 뿌리며 쓰러졌다.

"으악!"

"컥!"

몇 명은 근처에 접근조차 해 보지 못하고 강기에 의해

죽어 나갔다.

그렇게 서문회는 어둠 속으로 모습을 감추었다.

* * *

땡땡땡!

해동 때문에 머릿속이 복잡해진 연후는 홀로 산책을 하면서 생각을 정리하다가 종소리를 듣고는 걸음을 멈췄다.

뒤이어 터지는 단말마들.

"으악!"

"크악!"

'기습인가?'

쾅!

연후는 곧장 군영으로 몸을 날렸다.

그리고 잠시 후, 현장에 이르러 참혹하게 죽어 있는 묘인들을 발견하고는 눈빛을 떨었다.

주변 경계를 맡고 있었던 귀령가의 중진 한 명이 다가오며 말했다.

"저희들로서는 도저히 어떻게 해 볼 도리가 없을 정도로 엄청난 고수가 기습을 해 왔습니다."

"한 명이었단 말이오?"

"……예."

연후는 서문회를 떠올렸다.

군영의 한복판에서 홀로 이런 짓을 벌일 수 있는 존재는 서문회뿐이리라.

'알고 온 걸까? 아니면…….'

연후는 아마 모른 채 다른 목적으로 온 것이리라 여겼다.

사로잡은 이후 묘인들은 철저히 군영 내의 막사에서 머물렀다. 그들의 존재는 중원연합군 내에서도 대부분의 이들에게 비밀리에 부쳐졌기에 서문회가 그 사실을 알 리가 없었다.

휘리릭!

철우와 동방리, 백무영 등이 차례로 떨어져 내렸다. 그들은 우두커니 서 있는 연후를 발견하고는 다가왔다.

동방리가 물었다.

"무슨 일이에요?"

"서문회가 다녀간 것 같소."

"……!"

그때 한 무사가 다가와 침통한 어조로 말했다.

"생존자가 세 명이 전부입니다."

연후는 무사의 뒤에서 흐느끼는 묘인들을 응시했다. 주변에 물통이 있는 것을 보니 물을 뜨러 갔다가 죽음을 모면한 것 같았다.
"현장을 속히 수습하시오."
"알겠습니다."
귀령가의 중진에게 지시를 내린 연후는 거처로 향했다. 동방리가 곁을 따르며 그의 손을 살며시 잡았다.
"난 괜찮소."

* * *

서문회는 어둠 속에서 연후를 지켜봤다.
그를 보고 있자니 치미는 살심을 주체할 수가 없었다.
하지만 어쩌랴. 참을 수밖에 없는 것을.
여전히 분노가 가시지 않은 것일까? 그의 두 눈은 핏빛이 일렁이고 있었다.
잠시 후 분노가 가시며 혼란이 뒤를 이었다.
서문회는 어금니를 악물어 혼란을 떨쳐 내고는 눈빛을 가라앉혔다.
'우리가 독을 사용할 수 없음을 알면서도 지금껏 공격을 미뤘다는 것은, 남만을 침공했던 병력이 돌아오기를 기다리고 있었던 것이다. 최소한의 피해로 완벽한 승리를 거두기 위해서…….'
서문회는 돌아서서 군영을 향해 몸을 날렸다.

잠시 후, 군영으로 들어선 서문회는 곧장 막사로 향했다. 그런데 뜻밖에도 응숙이 막사 안에 있었다.

"언제 돌아왔느냐?"

"조금 전에 돌아왔습니다."

"어떻게 되었느냐?"

"주력의 절반은 여전히 사천당가에 남아 있었습니다."

"뭐라?"

서문회는 응숙의 말을 믿을 수가 없었다. 분명 조금 전에 봤던 중원연합군의 군영은 그 규모가 방대하기 짝이 없었다.

"확실한 정보이더냐!"

"예. 틀림없이 제 눈으로 확인했습니다."

'하면 일부러 아군의 정찰을 교란시킬 목적으로 군영을 더 크게 꾸며 놨단 말인가?'

응숙의 말이 사실이라면 그것이 답일 터였다.

응숙이 말을 이었다.

"한 놈을 잡아서 족쳐 봤는데, 백야벌의 대지존은 우리 남만을 침공했던 병력이 합류할 때까지 공격을 할 생각이 전혀 없다고 합니다."

응숙은 자신이 입수한 정보를 상세히 털어놓았다.

하지만 서문회는 귀를 기울이지 않았다. 아니, 기울일 이유가 없었다.

상대에게 패를 다 드러냈으니 이제 결정은 자신의 몫이었다.

"지금 당장 수뇌부 회의를 열 것이니 가서 모두에게 전하거라."

"지금…… 말입니까?"

"한시가 급하니 서둘러야 할 것이다."

"알겠습니다."

응숙이 막사를 나서자 서문회는 크게 심호흡을 하고는 물을 마셨다.

벌컥벌컥!

탁!

"남만군마저 잃을 순 없다. 후일을 도모하자면 놈들과 함께 남만으로 돌아가야 한다."

결국 서문회는 끝까지 싸우는 것보다 퇴각을 결정했다. 처음 생각은 어차피 쓰고 버릴 소모품이니 먼저 공격을 가해서 중원무림의 전력을 조금이라도 갉아 놓을 심산이었다.

그런데 생각이 바뀐 것은 남만군을 잃으면 더 이상 자신과 함께할 세력이 없다는 점을 스스로 인정한 까닭이었다.

과거 서장무림의 몽월처럼 홀로 중원무림을 상대로 전쟁을 벌일 수는 없는 노릇이었다.

꽈악!

'군자의 복수는 십 년이 걸려도 늦지 않는 법이라고 했다. 남만으로 내려가 전력을 보강한 다음 다시 올라오면 된다.'

서문회는 내린 결정을 후회하지 않기 위해 스스로에게 당위성을 부여했다.

잠시 후 수뇌부들이 하나둘 막사로 들어서기 시작했다. 마지막으로 장로 두 명이 들어서면서 전 수뇌부가 서문회의 막사에 모였다.

서문회는 모두를 한 차례 쓸어 본 다음 침중한 어조로 입을 열었다.

"묘인들이 우리를 배신했소."

"……!"

"군사! 그게 사실입니까?"

"사실이오. 본인이 적진을 살펴보러 갔다가 놈들이 그곳에 있음을 확인하고 모두 죽였소."

"하면 조금 전에 그 소란이……."

"그렇소."

모두가 경악을 금치 못했다. 몇몇은 탄식을 쏟기도 했다.

지금까지 묘인들을 경시해 왔던 그들이었으나, 묘인이 지닌 독의 위력만큼은 인정하고 있었던 것이다.

서문회가 말을 이었다.

"남만을 침공했던 적들이 곧 합류하게 될 것이오. 그들이 합류하면 적은 총공격을 해 올 것이 자명할 터. 해서 본인은 퇴각을 결정했소."

중대한 결정이 내려졌음에도 좌중은 오히려 반기는 것 같은 분위기였다.

'아둔한 것들…….'

"이의 있는 사람은 말해 보시오."

"군사의 결정에 따르겠습니다!"

"저 역시 그렇습니다!"

반대하는 자는 아무도 없었다. 다만 응숙만이 심각한 표정을 한 채 서문회를 응시할 뿐이었다.

한 장로가 물었다.

"하면 언제 퇴각하시겠소?"

"지금 당장 회군을 준비하시오."

"지금 당장 말이외까?"

"이연후가 생각을 바꿔 먼저 공격을 해 올 가능성을 배제할 수 없으니 최대한 빨리 움직이는 게 보다 안전할 것이오. 하니 서두르시오!"

"알겠소이다!"

"알겠습니다!"

모두가 막사를 나섰지만 응숙은 남았다.

“너도 나가서 회군 준비를 돕도록 하거라.”

“회군을 한다 해도 적이 추격을 해 올 텐데…… 여기서 본국까지는 최소 한 달은 더 내려가야 합니다. 그 긴 시간 동안 적의 추격으로부터 피해를 최소화할 대책을 세워야지 않겠습니까?”

“내게 생각이 있으니 걱정하지 말 거라.”

“그게 무엇인지 여쭈어도…….”

“네 이놈! 하라면 할 것이지 뭔 말이 이리도 많아!”

화아악!

실내에 휘몰아치는 강력한 마기.

응숙은 낯빛을 굳히며 황급히 머리를 숙였다.

“알겠습니다.”

응숙마저 막사를 나서자 서문회는 피가 흥건한 옷을 벗어 버리고 새 옷으로 갈아입었다. 그런 그의 손길이 가늘게 떨렸다.

또다시 연후에게 패하고 말았다. 더 분한 것은 아무것도 해 보지 못하고 제대로 농락을 당했다는 것이었다.

‘이연후…….’

화아악!

쾅!

탁자가 산산이 부서지며 파편이 막사 곳곳을 뚫었다.

서문회는 온몸을 바들바들 떨며 어금니를 악물었다. 수

치심과 치욕, 그리고 패배감에 그는 호흡마저 거칠어져 있었다.

* * *

“주군! 적이 퇴각하기 시작했습니다!”
서백이 달려와 소리쳤다.
하지만 연후는 담담했다.
마주 앉아 있던 신휘가 일어섰다.
“당장 병력을 움직여야겠어.”
“서두를 거 없다.”
“……!”
“놈들은 얼마 못 가 스스로 무너지게 되어 있다. 그때를 노려 한 방에 때려잡는다.”
신휘의 미간에 주름이 잡혔다.
“이 상황까지 예상하고 있었나?”
“서문회가 묘인들을 죽인 순간부터.”
신휘가 다시 앉았다.
“하긴, 묘인들의 독을 빼면 하잘것없는 남만군이니 더 싸울 생각도 하지 못하겠지. 쯧. 군사와 북궁 가주가 돌아올 때까지 일부러 묘인들의 독을 우려하는 척 시간을 끌었던 것인데 그 계획은 아쉽게 무산이 됐군.”

묵묵히 고개를 끄덕인 연후는 서백을 돌아보며 지시를 내렸다.

"너는 먼저 내려가서 현진에게 적의 퇴각을 알리고, 적과 마주치면 싸우되 절대 무리는 할 필요가 없다고 전하거라."

"알겠습니다."

서백이 막사를 나서자 연후는 담담하게 술을 한 잔 비웠다.

"그래도 수뇌부들에게 먼저 알려야지 않을까?"

"아침에 해도 늦지 않아."

"너무 여유를 부리는 것 같은데……."

연후는 흐릿하게 웃었다. 하지만 두 눈은 서늘한 한기가 이미 내려앉아 있었다.

그는 술을 한 잔 더 비우고 독백을 하듯 말을 이었다.

"대막이 멸망할 때처럼, 스스로 아무것도 할 수 없음을 통감하게 만들어야지. 그래야 죽어서도 눈조차 감지 못하게 될 테니까."

"……!"

오싹.

순간 신휘는 온몸을 타고 올라오는 한기를 느꼈다. 그건 막사 안의 모두가 그러했다.

"그만 돌아가서 아침까지 눈 좀 붙이도록 해. 나도 좀

자야겠어."

"그럼 아침에 보세나."

"아침에 뵙겠습니다, 주군."

모두가 물러가고 철우만 남았다.

"너도 그만 가서 쉬도록 해."

"저는 괜찮습니다."

"혼자 있고 싶다, 철우."

"아…… 예. 그럼 아침에 뵙겠습니다."

철우마저 물러가자 연후는 대나무를 엮어서 만든 침상에 몸을 눕혔다.

그러고는 이내 눈을 감았다.

'해동으로 건너가려면 여기서 서문회를 완벽하게 무너뜨려야 한다. 손톱만큼의 변수조차 생기지 않게끔…….'

5장

# 심리전

# 심리전

'밀림에서는 남만군이 유리하다!'

서문회로서는 이것이 최후의 보루였다.

그는 세상을 붉게 물들이기 시작한 여명을 헤치며 남쪽을 향해 달렸다.

광활한 밀림은 십만에 달하는 대군조차도 거뜬히 집어삼켰고, 이런 환경에서 평생을 살아온 남만군은 그러한 밀림을 평지처럼 헤치며 빠른 속도로 남하하고 있었다.

서문회는 맨 뒤에서 정예 삼만과 함께 움직이며 중원연합군의 추격에 대비했다.

끼아악!

독수리 두 마리가 머리 위를 선회하며 연신 울어 댔지만 서문회도, 남만군의 누구도 독수리들을 신경 쓰지는 않았다.

응숙이 말했다.

"아직까지 적들이 모습을 드러내지 않다니, 아무래도 이상합니다."

"독사와 독충이 우글거리는 밀림이니 섣불리 들어서지 못하고 있는 것일 거다. 하니 놈들의 독에 대한 대비를 끝내고 추격을 시작하기 전에 최대한 멀리까지 내려가야 한다."

서문회의 확신에 찬 어조에도 응숙은 불안감을 떨치지 못했다. 아무리 그렇다 해도 지금쯤이면 추격에 나섰어야 했다.

'이연후가 밀림을 두려워할까?'

응숙은 고개를 저었다. 그가 경험한 이연후는 밀림을 전부 불태워 버리는 한이 있더라도 두려워할 자가 아니었다.

그때였다.

퍼퍼펑!

전방에서 폭음이 연이어 울렸다. 뒤이어 소란이 일어나며 비명이 뒤를 따랐다.

"크아악!"

"으악!"

"독이다! 피해라!"

응숙이 놀란 표정으로 서문회를 돌아봤다.

그때 서문회는 이미 허공을 가르고 있었다.

"너는 병력과 함께·따라오너라!"

뒤를 쫓으려 했던 응숙은 서문회의 외침에 도로 지상으로 내려섰다.

"크악!"

"으아악!"

응숙은 끝없이 이어지는 아군의 처절한 단말마를 들으며 눈빛을 가라앉혔다.

'아무래도 느낌이 좋지 않은데…….'

* * *

쐐애액!

화살 수십 발이 선두에서 이동하던 남만군을 향해 날아들었다.

화살이 떨어진 곳에는 어김없이 독연이 피어올랐고, 미처 피하지 못한 남만군들은 속수무책으로 피를 토하며 쓰러졌다.

현장에 도착을 한 서문회는 당장 물었다.

"화살이 어느 쪽에서 날아들었느냐!"

"좌측입니다!"

서문회는 즉시 숲 위쪽으로 올라섰다. 그러고는 멀지 않은 곳에서 화살을 날리고 있는 청포인 두 명을 발견하고는 솟구쳐 올랐다.

그런 그를 향해 화살 한 발이 날아들었다.

서문회는 막지 않고 몸을 비틀어 피하면서 아수라마공을 끌어올렸다.

화아악!

그때 청포인들이 밀림 속으로 쏙 들어가 버렸다.

"감히……."

서문회는 곧장 청포인들의 뒤를 쫓았다.

하지만 그를 기다리고 있는 것은 한 치 앞도 제대로 내다볼 수 없을 만큼 우거진 밀림이었다.

파르르…….

서문회는 분노에 눈빛을 떨었다.

그때였다.

콰콰쾅!

"크악!"

"으아악!"

난데없이 뒤쪽에서 폭음이 연이어 울렸다.

서문회는 청포인들을 쫓는 것을 포기하고 폭음이 일어난 곳으로 몸을 날렸다.

그런 그를 향해 화살 두 발이 섬전처럼 날아들었다.

쐐애액!

서문회는 한 발은 피하고, 다른 한 발은 강기를 이용해 후려쳤다.

쾅!

폭음과 함께 화염이 일었지만 서문회의 호신강기에 막혀 사방으로 흩어지며 소멸되었다.

뒤를 돌아본 서문회의 눈빛이 다시 흔들렸다. 조금 전에 사라졌던 두 청포인이 숲 위쪽에서 자신을 쳐다보며 웃고 있었다.

꽈악!

서문회는 치미는 분노를 애써 억누르며 폭음이 일어난 곳을 향해 달렸다.

'참아야 한다.'

두 청포인이 눈길에 닿는 위치에서 계속 모습을 드러내는 의도는 뻔했다.

분명 서문회 자신을 병력과 멀어지게 하려는 것일 터. 적이 바라는 대로 움직여 줄 순 없었다.

콰콰쾅!

"크아악!"

"우측이다! 공격하라!"

"으아악!"

* * *

연후는 숲 위쪽을 이리저리 날아다니는 서문회를 응시하며 차갑게 웃었다.

'제법 인내심이 늘었군. 그만큼 절박하다는 것이겠지.'

휘리릭!

두 명의 청포인이 다가왔다. 그들은 사천당가의 중진들이었다.

"수고했소."

"하면 저희는 이제 뭘 하면 되겠습니까?"

"여기서 병력이 올 때까지 기다렸다가 함께 따라오도록 하시오."

"알겠습니다."

연후는 뒤를 돌아봤다.

밀림이 시작되는 지점에서 흙먼지가 일어나고 있었다. 신휘가 이끄는 병력이 오고 있는 것이리라.

철우가 물었다.

"놈들이 더 깊숙이 들어가기 전에 끝을 보는 편이 좋지 않겠습니까?"

"밀림은 놈들에게 유리한 환경이다. 서두를수록 불필요한 희생이 발생하니, 사전에 얘기했던 작전대로 진행한다."

철우는 묵묵히 고개를 끄덕이며 연후의 옆모습을 응시했다.

'이렇게까지 신중하신 모습은 처음인데…….'

오랜 시간 연후와 함께했던 철우였으나, 이토록 신중한 연후의 모습은 처음이었다. 이보다 더 큰 규모의 싸움에서도 연후는 시간을 끄는 법 없이 항상 과감한 전략을 펼쳐 왔었다.

'역시 서문회라는 건가?'

철우는 그 이유를 서문회라 확신했다.

콰콰쾅!

"크아악!"

"으아악!"

철우는 다시 기습이 벌어지는 곳으로 시선을 돌렸다. 그리고 잠시 후, 사위는 언제 그랬냐는 듯 고요하게 가라앉았다.

철우는 숲 위쪽에 서 있는 서문회를 응시하며 차갑게 웃었다.

'너는 결코 주군의 상대가 되지 못한다, 서문회.'

* * *

연후는 그날 저녁과 다음 날 새벽에도 기습을 가했다.

워낙에 신출귀몰한 산발적인 기습에 남만군은 제대로 대응조차 하지 못한 채 막대한 피해를 입었다.

밀림에서도 평지를 달리듯 빠른 속도로 진군하던 남만군이었으나, 몇 차례 기습이 이어지자 점차 진군 속도가 느려질 수밖에 없었다.

그러던 와중, 남만군에 괴소문까지 돌기 시작했다.

"야, 넌 그 소문이 사실이라고 생각하냐?"

"소문? 무슨 소문 말이야?"

"중원의 대지존이 원하는 건 군사의 목뿐이라, 군사만 죽으면 더 이상 우리를 쫓지 않을 거라고 했다는 거 말이야."

"뭐? 누가 그런 소릴 해?"

"이 자식은 쉬쉬하고 있을 뿐 다들 알고 있는 이야기를 왜 아직도 몰라? 넌 무슨 딴 세상에서 살다 왔냐?"

"왜 난 몰랐지?"

"쉿. 전주님 오신다."

두 무사는 황급히 입을 다물었다. 뒤쪽에서 응숙이 걸어오고 있었던 까닭이다.

응숙이 그들을 향해 주의를 주었다.

"또 언제 기습이 있을지 모르니 한시도 긴장의 끈을 놓아선 안 된다. 알겠느냐?"

"예!"

응숙은 무사들을 지나쳐 서문회가 있는 중군을 향해 걸었다. 그런 응숙의 표정이 한없이 굳어 있었다.

'적의 심리전에 군 전체가 흔들리고 있다.'

응숙은 무사들 사이에서 떠도는 소문에 대해 이미 알고 있었다. 이는 분명 적이 의도적으로 흘린 소문이 분명했다.

어떻게든 소문이 퍼지는 것을 막고자 이를 입에 올리는 무사의 목을 용서 없이 베기도 했지만 소용이 없었다.

이미 남만군 전체에 소문이 퍼졌고, 이에 응숙은 대책을 마련하기 위해 서문회에게 보고를 하러 가는 길이었다.

"전주님!"

뒤에서 무사 한 명이 뛰어왔다.

응숙이 걸음을 멈추고 무사를 돌아봤다.

"무슨 일이냐?"

"남 전주가 휘하의 병력 오천과 함께 이탈했습니다!"

"……뭣이!"

"전주님!"

또 한 명의 무사가 뛰어왔다.

"후미를 뒤따르던 부대 일부가 사라졌습니다."

"뒤처진 것은 아닌지 확인해 보았느냐?"

"예. 아무래도…… 탈영을 한 것 같습니다."

바르르…….

응숙은 눈빛을 떨었다.

탈영을 하는 병력의 수가 빠르게 늘어나고 있었다. 더 우려되는 것은 수뇌부인 전주급 인사의 이탈이 발생했다는 점이었다.

한 무사가 조심스럽게 물었다.

"중원의 대지존이 군사의 목만 원한다는 소문이 돌고 있는데…… 혹시 들어 보셨습니까?"

"아군을 흔들려는 적의 심리전이다."

"하지만 무사들이 크게 동요하고 있습니다. 어차피 군사는 처음부터 우리와는 다른 사람이라면서……."

무사는 끝까지 말을 잇지 못했다. 응숙이 검을 뽑아 목을 겨눴기 때문이다.

응숙의 눈이 살광을 폭사했다.

"한 번만 더 쓸데없는 말을 지껄이면 목을 베어 본으로 삼을 것이다!"

"……알겠습니다."

"돌아가서 자리를 지켜라!"

"예!"

응숙은 다시 서문회가 있는 중군을 향해 걸었다.

**군사는 처음부터 우리와 다른 사람…….**

조금 전, 무사의 말이 귓전을 맴돌았다.

떨쳐 내려 했지만 그럴수록 오히려 더 선명하게 뇌리에 각인되어 가고 있었다.

'이대로 흘러가면 우리 스스로 무너질 수밖에 없는데…….'

응숙이 짙은 한숨을 토해 내던 그때였다.

누군가 그의 앞을 막아섰다. 그를 본 응숙이 머리를 숙였다.

"장로님."

남만군에 세 명밖에 없는 장로 중 한 명이었다. 그가 응숙을 노려보듯 하며 싸늘히 물었다.

"군사에게 가는 길이냐?"

"예."

"후군의 상황은 어떠하느냐?"

"아직 적이 대대적인 추격을 해 오지 않아서 별문제는 없습니다."

응숙은 후군의 일부가 사라졌다는 말은 일부러 하지 않았다. 다만 자신을 대하는 장로의 싸늘한 태도가 마음에 걸렸다.

"군사가 네게 따로 한 말은 없느냐?"

"없습니다."

"정녕 없느냐?"

"감히 제가 어찌 장로께 거짓을 고하겠습니까."

'이자가 왜 이러지?'

응숙은 알 수 없는 불안감에 휩싸였다.

그때 장로가 손을 뻗어 응숙의 어깨에 얹었다. 순간 장대한 힘이 흘러들어 응숙의 몸을 짓눌렀다.

'……윽!'

응숙은 버텼다. 붉어지는 얼굴에 순식간에 땀이 맺혔다.

"군사의 개가 되더니 이젠 나조차도 우습다 이것이냐?"

"아닙니다."

"아니라면 버틸 게 아니라 꿇었어야지."

짝!

응숙의 얼굴이 옆으로 홱 돌아가며 입에서 피가 튀었다. 순간 발끈하려 했던 응숙은 애써 감정을 억누르며 고개를 들지 않았다.

"군사가 전하를 시해했다는 말이 돌고 있는데…… 네놈은 어떻게 생각하느냐?"

"……!"

응숙은 숙인 자세에서 두 눈을 부릅뜨며 경악했다.

'언제 그런 소문이…….'

응숙은 이 또한 적이 퍼뜨린 소문이라 확신했다.

하지만 소문의 근원지가 어디든 그것은 중요한 상황이 아니었다.

가뜩이나 패주하여 퇴각하는 와중에, 병력의 이탈까지

끊이지 않는 상황이었다. 현시점에 그러한 소문까지 확산된다면 남만군은 완전히 붕괴될 터였다.
"왜 대답이 없느냐?"
"적의 심리전일 뿐입니다."
"심리전이라……. 그럴 수도 있겠지. 하지만 이건 알아두거라. 꽤 많은 이들이 이전부터 군사를 수상히 여겨 왔다는 것을."
장로가 돌아섰다.
응숙은 고개를 들어 장로의 뒷모습을 응시했다. 장로는 두 번 다시 뒤를 돌아보지 않고 자신의 병력이 있는 곳으로 사라졌다.

그리고 다음 날 새벽.
응숙은 장로가 휘하의 병력 이만과 함께 이탈했다는 보고를 접하고는 망연자실했다.
이만이라는 숫자도 숫자이지만, 최고 수뇌부인 장로의 이탈이 가져다줄 후폭풍이 응숙은 두려웠다.
'대체 이 일을 어찌하면 좋단 말인가.'

* * *

악소가 연후를 찾아왔다.

그는 기습전을 행하면서 적의 동태를 살피는 역할을 하고 있었다.

"지금까지 확인된 바에 의하면 거의 삼만 이상이 이탈한 것 같습니다. 심리전이 제대로 통하고 있는 것 같습니다."

연후는 묵묵히 고개를 끄덕이며 남하하는 적의 후미를 응시했다. 확실히 적 후군의 규모가 이전에 비해 제법 줄어든 것 같았다.

악소가 물었다.

"언제까지 심리전을 지속하실 겁니까?"

"자멸할 때까지."

이 정도면 자멸한 거 아닙니까?

악소는 목구멍까지 올라온 이 말을 애써 집어삼켰다.

악소는 내심 실소했다.

'전쟁이 이렇게 쉬운 거였나? 몇 번의 기습과 심리전만으로 십만이 훨씬 넘는 적을 무너뜨리다니…….'

내면의 실소가 입가로 번졌다.

마침 악소를 돌아보던 연후가 그의 입가로 번져 가는 미소를 보고는 미간을 좁혔다.

"그 미소의 의미는 뭐지?"

"아무것도 아닙니다."

"실없이 굴지 말고 얼른 자리로 돌아가."

"예."

악소는 머리를 조아리고 돌아섰다. 그런 그의 입가에는 더욱더 짙은 미소가 걸려 있었다.

'주군의 적이 아니라는 게 좋아서 웃는 겁니다.'

* * *

장로와 이만 병력의 이탈은 남만군에게 돌이킬 수 없는 악재(惡材)였고, 가뜩이나 흔들리던 군심(軍心)은 걷잡을 수 없는 풍랑 속으로 빠져들기 시작했다.

그 와중에도 연후의 심리전은 계속되었고, 다음 날 새벽에 또다시 삼만이라는 대군이 이탈하는 사태가 빚어졌다.

"이러다가 다 죽는다! 더 늦기 전에 무슨 수를 써야 한다!"

"이쯤에서 군사를 끌어내리고 중원과 협상을 해야 한다! 백야벌의 대지존이 군사의 목만 원한다고 했으니 군사를 넘기면 우리를 용서해 줄 것이다!"

처음에는 쉬쉬하며 생각을 드러내지 않던 이들이, 시간이 흐를수록 점차 하나둘 목소리를 높이기 시작했다.

한번 이반하기 시작한 군심은 걷잡을 수 없을 듯 보였고, 이에 웅숙의 고심도 깊어졌는데…….

휘이잉!

거센 바람이 산천을 흔들어 댔다.

바람은 이탈해 버린 장로를 대신하여 후군을 책임지고 있는 응숙의 전신을 사납게 할퀴고 지나갔다.

'이대로 무사히 고향까지 갈 수 있을까?'

응숙의 내면은 그 어느 때보다 무겁게 가라앉아 있었다.

오늘 아침에도 또다시 상당수의 병력이 탈영을 했지만, 응숙은 아직 서문회에게 보고하지 못했다.

보고하기 위해 그를 찾아갔지만 서문회가 자리를 비우고 있었던 탓이었다.

'군사를 계속 믿어도 괜찮은 것일까.'

누구보다 서문회를 믿고 따랐던 응숙이었으나, 다른 모든 이들이 서문회를 의심하기 시작하니 그 또한 충정이 흔들릴 수밖에 없었다.

그때였다.

"전주님!"

측근이 다가왔다.

"무슨 일이냐?"

"후방 오백 장 뒤쯤에서 혈왕군이 보이기 시작했습니다!"

"……!"

응숙의 낯빛이 딱딱하게 굳어졌다.

지금껏 소규모 기습만을 해 왔던 중원연합군이었다.

그런데 본격적으로 추격을 시작한 것이다. 그것도 가장 두려운 상대인 혈왕군이 전면에 나서서.

'고작 몇 번의 기습도 버티기 힘들었는데, 적의 본격적인 추격이 시작되면…….'

이후 벌어질 상황은 생각조차 하기 싫었다.

"전주님, 저희만으로 혈왕군의 추격을 감당할 순 없습니다. 싸울 거면 중군에 지원을 요청해야 하고, 그게 아니라면……."

측근이 말끝을 흐리며 입술을 깨물었다.

"항복이라도 하자는 말을 하고 싶은 것이냐?"

"이미 대다수의 이들이 전의를 상실한 상태입니다. 여기까지는 어떻게든 내려올 수 있었지만, 혈왕군이 공격을 해 오면…… 버텨 내지 못할 것입니다."

"고개를 들어라."

"……."

서걱!

측근의 머리가 땅으로 떨어졌다. 그것을 본 주변 모두가 경악했다.

응숙은 무사들을 향해 소리쳤다.

"묻겠다! 적이 두려운가!"

"……!"

응숙의 검이 또 한 명의 목을 쳐 냈다.

"다시 묻겠다! 적이 두려우냐!"

"아, 아닙니다!"

"하면 속도를 올려 중군을 따라붙는다!"

"속도를 올려라!"

응숙은 맨 뒤로 빠졌다.

그 와중에 몇 명이 이탈을 하려다가 그의 손에 목이 날아갔다.

"이탈하는 놈은 내 손에 먼저 죽을 것이다! 하니 뒤는 쳐다보지도 말고 오직 앞만 보고 달려라! 어서!"

응숙의 악에 찬 외침에 무사들은 황급히 속도를 내기 시작했다.

꽈악!

응숙은 입술을 깨물었다. 그의 두 눈이 묘한 빛을 머금어 갔다.

'나에게 가장 위험한 후군을 맡겼다는 건, 내가 죽어도 상관없다 여긴 것이나 다를 바 없다. 내가 살길은 내가 찾아야 한다. 무슨 써서라도 고향으로 돌아간다. 그리고 살아남아 돌아가면…… 남만을 내 손아귀에 넣을 것이다!'

가슴 밑바닥에 숨겨 놓았던 야망을 끄집어내는 응숙.

그가 전방을 응시하며 두 눈에 불꽃을 담았다.

* * *

주르륵.

서문회는 입가를 물들인 피를 닦아 내고는 숲을 나섰다. 주기가 빨라진 흡혈에 대한 욕구는 뒤를 쫓아오는 중원연합군만큼이나 그를 괴롭히고 있었다.

휘리릭!

무사 한 명이 서문회의 앞으로 떨어져 내렸다.

"군사! 후군이 속도를 올려 남하하고 있습니다! 이대로라면 곧 중군과 한데 섞일 것 같습니다!"

꿈틀.

'응숙, 이놈이 감히 내 명령도 없이…….'

후군은 적의 추격을 저지해야 할 막중한 임무를 지녔다. 시간을 벌어 본대가 안전하게 물러날 수 있게 하는 것이 후군의 임무였다.

서문회는 땅을 박차고 뛰어올라 거목의 끝으로 올라섰다. 그리고 북쪽을 바라보니 후군이 빠르게 내려오는 것이 보였다.

서문회는 아래를 내려다보며 외쳤다.

"응숙에게 달려가서 적의 추격을 막지 않으면 용서치

않을 것이라 전하거라!"

"알겠습니다!"

무사가 달려가자 서문회는 더 북쪽을 바라봤다. 하지만 우거진 숲 때문에 혈왕군의 모습은 보이지 않았다.

'지금껏 기습전을 고수하다가 추격을 시작했다는 것은…….'

서문회의 시선이 남쪽을 향해 돌아갔다.

'남만을 침공했던 병력이 가까워졌다는 것인가?'

이러면 앞뒤로 적을 맞아야 하는 형국이 될 수밖에 없었다.

휘리릭!

지상으로 내려선 서문회는 곧장 앞으로 몸을 날렸다.

잠시 후 몇몇 수뇌부가 그를 맞았다.

서문회는 그들에게 즉각 명령을 내렸다.

"적이 본격적으로 추격을 시작했으니 속도를 올리시오! 만에 하나 적이 앞을 가로막으면 주저하지 말고 그대로 돌파를 해야 할 것이오!"

"알겠습니다!"

"알겠소이다!"

뿌우웅!

나팔 소리가 연이어 울리자 남만군의 속도가 빨라지기 시작했다.

서문회는 선두로 나섰다.

이제부터는 적의 추격을 막는 것보다 앞을 가로막으며 나타날 적을 돌파하는 것이 더 중요했다.

* * *

북궁천이 북쪽을 가리키며 말했다.

"적이 보이기 시작했습니다."

현진은 묵묵히 고개를 끄덕이며 슬며시 미간을 좁혔다.

'예상보다 빠른 속도로 남하하고 있다면…… 역시 주군께서 대대적인 공격은 피하셨다는 건가?'

그게 아니면 저 많은 병력이 이곳까지 내려올 순 없는 노릇이었다.

잠시 후 밀림을 헤치며 나서는 적들이 벌판을 새카맣게 물들이기 시작했다.

북궁천의 두 눈이 살짝 흔들렸다.

예상했던 것보다 적의 병력이 더 많은 까닭이었다.

"설마 대지존께서 적이 물러가는 것을 내버려 두신 것은 아니겠지요?"

"그럴 리가요. 다만 적의 이동 속도를 감안하면 지금까지 대대적인 공격은 하는 않으신 듯합니다."

"대지존께서 대대적인 공격을 하지 않은 이유가 궁금

합니다만. 혹시 짚이는 바라도……."

"주군께서는 항상 아군의 피해를 최소화하는 방식을 택하셨습니다. 이번 전쟁도 아마 다르지 않을 것입니다. 최근 들어 치렀던 몇 번의 전쟁에서 너무 많은 무사들이 희생을 당했으니 더더욱 그리하셨을 겁니다."

"흠……."

북궁천은 비로소 이해가 되었다는 듯 머리를 끄덕였다.

현진이 그런 북궁천을 돌아보며 말을 이었다.

"적은 우리가 남쪽을 차단하고 나설 것을 예상하고 있을 것입니다. 내려오는 속도를 보면 그대로 돌파를 할 목적인 것 같으니 병력을 높은 지대로 이동시켜야겠습니다."

"그냥 보내 주자는 말씀입니까?"

"머리는 보내 주고 허리를 끊을 생각입니다."

"알겠습니다."

현진과 북궁천은 각각 좌우로 몸을 날렸다.

잠시 후 연합군의 병력은 두 편으로 나뉘어 좌우측 능선으로 이동을 시작했다.

혜몽이 새카맣게 밀려드는 남만군을 응시하며 미간을 찡그렸다.

"측면을 칠 생각인가?"

청공이 말을 받았다.

"아마 그런 것 같습니다."
혜몽은 이해할 수 없다는 표정을 지었다.
"뒤에서 아군이 쫓아올 텐데 굳이 측면을 노린다? 이러면 적의 일부는 빠져나가게 그냥 내버려 두겠다는 건가?"
"저도 그 부분이 이해가 되지 않습니다. 정면을 막아 적의 속도를 늦추는 것이 최선책일 듯한데 말입니다."
무당의 진명도 혜몽과 같은 생각을 하고 있었다.
청공이 두 사람을 향해 말했다.
"군사와 북궁 가주께서 내린 결정이니 그냥 따를 수밖에요."
혜몽은 좌측을 돌아봤다.
현진이 암벽 위에서 남하하는 적을 바라보며 서 있었다.
'대지존하고는 달리 지나치게 소극적인데…… 대지존은 어째서 저런 자를 군사로 임명하셨을까?'
남만의 수도를 공략할 때도 현진은 모든 변수를 고려하는 조심스러운 방식을 택했다.
물론 그 덕분에 아군의 희생은 최소화할 수 있었지만, 두 배의 시간을 소모해야만 했다.
그때였다.
"어?"
혜몽의 두 눈이 한순간 동그랗게 커졌다. 현진의 옆으로 올라서는 서백을 본 것이다.

혜몽은 반가운 마음에 땅을 박차고 뛰어올랐다.

휘리릭!

"아미타불. 오랜만이외다, 시주."

"오랜만입니다, 맹주님."

서백이 혜몽의 인사에 화답하고는 곧장 현진에게 다가가 연후의 지시를 전했다.

"적이 밀려오면 정면 대결을 피하라는 주군의 지시입니다."

"안 그래도 주군의 뜻이 그러하실 것 같아서 병력을 둘로 갈라 능선 위쪽으로 이동시켰다."

"역시."

"위쪽 상황은 어떠하였느냐?"

"그게……."

서백은 지금까지 이어졌던 상황을 설명했다.

설명이 끝나자 현진은 묵묵히 고개를 끄덕였다. 하지만 혜몽은 이해할 수 없다는 표정을 지었다.

"아니, 아무리 서문회가 있다 해도 아군의 전력이 압도적이었을 텐데 왜 한 방에 끝내지 않고 흔들기만 한 것이오?"

"주군께서 북벌을 무기한 미루셨습니다. 해서 굳이 서두를 이유가 없다고 판단하시어 아군의 피해를 최소화하는 전략을 택하신 것 같습니다."

"아무리 그래도……."

씨익.

서백이 이를 드러내며 웃었다.

"항상 그렇게 해 오셨는데요?"

"……!"

혜몽은 비로소 깨달았다.

'그래. 서장무림, 북해빙궁과의 전쟁에서도 대지존은 항상 피해를 최소화하는 걸 우선시하셨다. 다만 결과가 워낙에 압도적이어서 그 부분이 눈에 띄지 않았을 뿐…….'

"맹주께서는 어서 자리로 돌아가시지요."

"아, 예. 알겠습니다."

혜몽이 자리로 돌아가자 현진은 서백이 메고 있는 연통을 응시했다. 연통에는 이십 발가량의 화살이 담겨 있었다.

"독탄이 몇 발이나 되지?"

"다섯 발입니다."

"하면 저 위쪽으로 올라가 대기하고 있다가 적의 선봉이 지나가면 그때 쏘도록 하거라."

"알겠습니다."

서백은 현진이 가리킨 곳으로 훌쩍 뛰어올랐다. 그러고는 화살 한 발을 시위에 올리며 내려오는 남만군을 응시했다.

그러다가 눈빛을 발한 것은 숲 위쪽으로 솟구쳐 오르는 서문회를 보았을 때였다.

'어째 방향이…….'

뭔가 이상하다는 느낌이 들었을 때, 서백은 두 눈을 동그랗게 치떴다. 서문회의 뒤를 쫓아 솟구쳐 오르는 자들을 본 것이다.

'여길 노리고 있다!'

서백은 현진을 향해 소리쳤다.

"군사! 서문회가 이곳으로 올라오려는 것 같습니다!"

서백의 외침에 현진이 즉각 곁으로 올라섰다. 서백이 서문회를 가리켰다.

"저길 좀 보십시오."

현진의 눈빛이 무겁게 가라앉았다.

확실히 서문회는 이곳으로 다가오고 있었다.

'자존심인가? 아니면 자신이 있다는 것인가.'

현진은 아래를 향해 나지막이 외쳤다.

"방어 태세로 전환하세요!"

"방어 태세로 전환한다!"

"서둘러라!"

공격을 준비하고 있었던 연합군이 신속하게 방어 대형을 갖춰 나가기 시작했다.

현진은 다시 시선을 돌려 서문회를 응시하며 눈빛을 가

라앉혔다.

'서문회가 직접 온다면…… 아주 힘든 싸움이 되겠구나.'

* * *

남만군에서 가장 강력한 전력은 과거 남만왕이 천문학적인 거금을 들여서 육성한 황룡군(黃龍軍)이라는 부대였다.

여러 인종으로 구성된 황룡군은 개개인의 무력도 뛰어나지만, 하나같이 동영의 검과 갑주로 중무장을 하고 있었다.

일설에 의하면 남만왕이 동영에서 검과 갑주를 사들이기 위해 들인 돈이 은자로 환산하여 천만 냥에 달한다고 했다.

바로 그 황룡군이 서문회와 함께 현진이 있는 우측 능선을 공격하기 위해 움직이고 있었다.

서문회는 거침없이 우측 능선을 향해 몸을 날렸다.

'머리가 있는 놈들이라면 필시 좌우에서 허리를 차단하려고 들 터. 하면 먼저 한 곳을 무너뜨려야 한다.'

서문회는 검을 뽑았다.

챙!

그때였다.

쐐애액!

파공성과 함께 두 발의 화살이 날아들었다.

서문회는 공력을 담아 외쳤다.

"독에 대비하라!"

콰쾅!

"으악!"

"우악!"

파편을 맞고 꼬꾸라지는 자들.

또다시 두 발의 화살이 날아들었고, 폭음과 함께 핏빛 독연이 주변을 덮었다.

이번에는 독탄이 터진 것이다.

"컥!"

"크억!"

수백 명이 피를 토하며 쓰러졌지만 황룡군은 멈추지 않았다.

서문회는 화살이 날아든 곳을 향해 방향을 틀었다.

하지만 화살은 그의 머리를 넘어 황룡군 속으로 떨어져 내렸다.

퍼퍼펑!

"크아악!"

"으아악!"

알고도 당할 수밖에 없는 독의 위력에 서문회의 얼굴이 붉게 달아올랐다.

저 독이 자신들의 무기였어야 했다. 그랬다면 이렇게 쫓기는 일도 없었을 터였다.

"모조리 죽여 주마!"

화아악!

서문회의 전선이 핏빛으로 물들며 허공으로 떠올랐다.

* * *

'이게 마지막 발인데…….'

서백은 마지막 남은 화살을 시위에 얹으며 나지막이 숨을 골랐다.

그 와중에 서문회는 벌써 이백 장 안쪽까지 달려들고 있었다.

여기서 조금만 지체하면 빠져나갈 수 없을지도 모르는 상황이라 서백은 마지막 화살을 힘껏 날렸다.

타앙! 쐐애액!

화살은 서문회의 머리를 넘어 황룡군의 앞쪽에서 폭발했고, 지금까지보다 훨씬 더 강력한 위력을 발휘했다.

마지막 화살에는 가장 강력한 독탄이 매달려 있었던 것이다.

"크아악!"

"끄아악!"

챙!

서백은 대궁을 어깨에 메고 검을 뽑았다. 그러고는 뒤쪽으로 몸을 날렸다.

그곳에 현진을 비롯한 병력이 대기하고 있었다.

현진은 곁으로 떨어져 내린 서백의 어깨를 다독거려 주고는 모두를 향해 결연한 어조로 외쳤다.

"한 번 밀리면 돌이킬 수 없는 화로 이어질 것이니 모두 죽음을 각오하고 자리를 지키시오!"

"예!"

"발검!"

채채채채챙!

모두가 결연한 표정으로 검을 뽑았다.

현진은 한 걸음 앞으로 나서며 맹렬하게 달려오는 서문회를 응시했다.

'아수라마공…….'

서문회의 전신을 휘감은 핏빛 강기를 보며 현진은 지그시 입술을 깨물었다.

'본대가 올 때까지 어떻게든 버텨야 한다. 이곳이 밀리면 맞은편까지 위험해진다.'

우우웅!

현진의 전신을 타고 검은 연기가 피어오르기 시작했다.

* * *

“주군! 적 일부가 좌측으로 빠져나갔습니다! 아무래도 아군의 매복을 눈치채고 공격에 나선 것 같습니다!”

한 중진이 다가오며 외쳤다.

연후의 눈빛이 대번에 변했다.

적이 이렇게 나올 것은 예상하지 못한 부분이었다. 보나 마나 서문회의 선택이리라.

‘역시 호락호락한 상대는 아니군.’

연후는 뒤를 돌아보며 외쳤다.

“북로검단은 나와 함께 간다!”

“예!”

쾅!

땅을 박차고 뛰어오른 연후의 뒤를 동방리와 서령, 철우와 백무영 등이 쫓았다.

그리고 그 뒤를 백운이 이끄는 북로검단이 따랐고, 육손은 맨 뒤에서 움직였다. 악소가 만약의 사태에 대비해 육손의 곁을 함께했다.

“그건 내가 들어 주마.”

“고맙습니다.”

육손이 들고 있던 나무 상자 하나를 악소에게 건넸다.

"이번에 새로 만든 독이라고 했나?"

"예. 실전은 오늘이 처음입니다."

"믿어도 되겠지?"

"그건…… 써 봐야 알 것 같습니다."

"그래도 믿는다."

* * *

혈왕군을 이끌고 본격적인 추격에 나선 신휘는 저 멀리 적의 후미가 보이기 시작하자 싸늘히 웃으며 검을 뽑았다.

스르릉!

"혈왕군! 전속으로 이동한다!"

"전속으로!"

우거진 밀림 때문에 전마를 두고 왔지만 혈왕군의 속도는 가공할 정도로 빨랐다.

그런 그들의 뒤에 오만에 달하는 연합군의 병력이 따라오고 있었다. 하지만 속도에서 차이가 나는 바람에 거리는 점점 벌어졌다.

귀령가의 가주 한송이 감탄을 금치 못했다.

"중무장을 한 채로 저런 속도를 낼 수 있다니…… 참으로 놀랍구나, 혈왕군."

혈왕군은 갑주를 입고 방패까지 지니고 있었다. 그럼에도 저런 속도를 낼 수 있다는 것이 그저 놀라울 따름이었다.

물론 그를 비롯한 고수들은 충분히 따라잡고도 남을 속도였다. 하지만 본대의 속도가 혈왕군에 미치지 못했기에 거리는 점점 더 늘어날 수밖에 없었다.

혈가를 비롯한 다른 가문의 수뇌부들도 놀란 표정을 감추지 못했다.

연후가 대지존이 되며 더 이상 혈왕군과 적대할 일이 없게 된 지 오래였으나, 그들은 자신들이 저런 혈왕군이 속한 북부무림, 아니 북천과 적대하려 했음에 가슴이 서늘해짐을 느꼈다.

특히 월가의 고수들이 그러했다.

가주 야월은 연후에게 구명지은을 입기 전부터 생각을 달리하기 시작했으나, 아직 월가의 고수들 대다수는 북천을 달갑지 않게 여기고 있었다.

그러나 바로 곁에서 혈왕군의 기세를 느끼게 된 순간, 대부분의 이들은 적개심 대신 경외심이 자리하기 시작했다.

"속도를 올려라!"

야월을 대신하여 병력을 이끌고 있는 월가의 장로가 공

력을 담아 외쳤지만 본대의 속도는 그가 원하는 이상까지 올라오지 못했다.

'이만이 넘는 병력이 저 정도 속도를 낼 수 있다니…… 어쩌면 영원히 북천을 넘지 못할 수도 있겠구나.'

격차를 인정한 것일까?

월가의 장로는 두 눈을 가늘게 떨었다.

* * *

서문회는 시커먼 연기에 휩싸인 현진을 발견하고는 방향을 틀었다.

'저놈이 북천의 군사렷다. 하면 가장 먼저 죽여 주마.'

우우웅!

서문회의 검이 아수라강기를 머금어 갔다.

그런 그의 뒤를 황룡군이 맹렬히 쫓았지만 속도의 차이 때문에 오십 장 이상이 뒤처져 있었다.

그러나 바로 뒤까지 적의 추적이 따라붙은 상황에 그들을 기다려 줄 여유는 없었다. 서문회는 황룡군을 뒤로한 채 홀로 앞서 나갔다.

쾅!

땅을 박차고 솟구쳐 오른 서문회는 곧장 현진을 향해 독수리처럼 떨어져 내렸다.

순간 현진의 손을 떠난 검은 연기가 서문회를 향해 날아들었다.

'이따위 환술로 나를 막겠다니…….'

서문회는 싸늘히 비웃으며 연기를 향해 검을 휘둘렀다. 강기를 머금은 검이 연기를 수직으로 쪼갰다.

놀랍게도 연기가 마치 두부처럼 두 쪽으로 쫙 갈라지면서 가운데에 널찍한 공간이 생겼다.

서문회는 그곳을 통해 무지막지한 속도로 뛰어들었다.

바로 그때였다.

갈라졌던 연기가 다시 하나로 뭉치더니 서문회의 전신을 휘감았다.

"……!"

쩌저적!

서문회의 장포 곳곳이 찢겨 날아갔다.

놀란 서문회는 허공에서 한 번 더 도약을 하며 연기를 벗어났다.

그런 그의 두 눈이 놀람으로 흔들리고 있었다.

'내가 놈을 너무 얕봤구나.'

하마터면 큰일이 날 수도 있었던 상황에 서문회는 눈빛을 고치며 호흡을 가다듬었다.

하지만 그것 역시 방심이었다.

슈아악!

"……!"

연기가 엄청난 속도로 날아들자 서문회는 황급히 만근추의 수법을 이용해 지상으로 내려섰다.

연기는 간발의 차이로 서문회가 떠 있던 허공을 가르며 지나갔다.

그것만이 아니었다.

슈아악!

수십 개의 시커먼 구슬이 날아들자 서문회는 다시 뒤쪽으로 물러섰다.

콰콰콰콰쾅!

서문회가 내려섰던 곳에서 폭음과 함께 화염이 솟구쳤다. 폭발의 여파에 휩쓸린 돌멩이가 서문회를 지나 뒤쪽의 황룡군을 덮쳤다.

퍼퍼퍽!

"으악!"

"컥!"

평소라면 쉽게 막거나 피할 수 있었겠지만 상황이 상황이었던 까닭에 선두의 황룡군 몇 명이 피를 뿌리며 꼬꾸라졌다.

화악!

서문회의 전신에서 뜨거운 기운이 폭풍처럼 터져 나왔다. 코앞까지 갔다가 다시 삼십 장이나 밀려나 버린 것에 분노한 것이다.

그 와중에 황룡군이 그의 바로 뒤까지 다다랐다.

서문회가 공력을 담아 외쳤다.

"모두 쓸어버려라!"

와아아아!

* * *

현진은 북궁천이 있는 맞은편을 살폈다.

이미 그곳에서는 격렬한 전투가 벌어지고 있었다.

'공격을 해 올 거라고는 예상하지 못했는데…….'

현진도 연후와 마찬가지로 적이 공격을 해 올 거라고는 예상하지 못했다.

현진은 다시 서문회를 바라봤다.

적들이 물밀듯 밀려들고 있었다. 그 선두에 서문회가 있었다.

현진은 뒤를 돌아보며 외쳤다.

"무슨 일이 있어도 자리를 지켜야 할 것이오!"

그러고는 서백에게 지시를 내렸다.

"나를 쫓아오지 말고 저들과 함께 싸워야 한다."

"예?"

"군사로서 내리는 군령이니 따라야 할 것이다, 서백."

"……!"

쾅!

땅을 박차고 뛰어오른 현진이 좌측으로 빠져나가자 서백은 두 눈을 부릅떴다.

"군사!"

*   *   *

서문회는 좌측으로 빠져나가는 현진을 보며 싸늘히 웃었다.

"어림없다, 이놈."

서문회는 허공에서 방향을 틀어 현진을 쫓았다.

둘의 거리가 서서히 좁혀졌다.

그렇게 얼마나 이동했을까?

그제야 뭔가 이상하다는 것을 감지한 서문회는 우측을 돌아봤다.

마침 황룡군과 중원연합군이 충돌하고 있었다.

콰콰콱!

까가강!

"크악!"

"으아악!"

'나를 유인하기 위해서 이곳으로…….'

서문회는 그제야 현진의 의도를 깨달았다.

그때였다. 현진이 지상으로 내려서며 서문회를 향해 돌아섰다.

서문회는 성큼 서문회를 향해 다가섰다.

"무슨 꿍꿍이인지는 모르겠지만 내겐 소용없다는 것을 곧 깨닫게 될 것이다, 애송이."

현진은 대답하지 않고 조용히 서문회를 바라봤다.

이미 그의 능력을 경험했던 서문회는 처음부터 최강의 수를 써서 최대한 빨리 끝장을 낼 심산이었다.

우우웅!

검이 아수라마기를 머금어 갔다.

검이 뿜어내는 핏빛 강기가 현진의 두 눈을 붉게 물들였다.

"부끄럽지도 않소?"

"내가 왜."

"당신은 조국을 잃었소. 당신의 무능함 때문에 말이오. 누구라도 그러했다면 스스로 혀를 물고 자결했을 것이오."

"……!"

바르르…….

현진의 그 말은 서문회의 가장 아픈 곳을 찔렀다. 죽는 그날까지 지우지 못할 아픔이자 상처였다.

화아악!

서문회에게서 마기가 폭풍처럼 피어올랐다.

그러나 현진은 숨이 턱턱 막힐 것 같은 압박감에도 눈빛 하나 변하지 않았다.

"갈가리 찢어 주마."

그때였다.

휘리릭!

현진의 두 손이 허공을 휘저었다.

그저 그의 손을 떠나 날아간 것은 나뭇가지 몇 개였다. 그것이 무엇을 의미하는지 몰랐던 서문회는 싸늘히 비웃으며 현진을 향해 다가갔다.

"네놈의 목을 베어 이곳에 걸어 두고…… 엇!"

서문회의 입에서 당혹성이 터졌다. 주변 환경이 서서히 바뀌어 가는 것을 본 탓이었다.

'진……!'

진이 발동되었음을 깨달은 서문회는 그대로 땅을 박차고 뛰어올랐다.

"이미 늦었소."

"……!"

"나를 죽여도 당신은 최소한 이곳에서 한 시진 이상은 나가지 못하오. 물론 내가 그 이상을 버틴다면 당신이 이곳에 머물러야 할 시간은 그만큼 늘어날 것이오."

파르르…….

우우웅!

현진의 전신이 검은 연기로 뒤덮여 갔다.

* * *

"주군!"

서백은 숲을 헤치며 나서는 연후를 향해 목청껏 외쳤다.

하지만 워낙에 치열한 전투가 벌어지고 있어서 그의 목소리는 연후에게는 미치지 못했다.

현진을 구하기 위해서는 최대한 빨리 연후에게 알려야 했지만 앞을 가로막은 적의 수가 워낙에 많아서 그럴 수도 없었다.

"비켜!"

퍼퍽!

"크악!"

"으아악!"

서백은 궁술에만 뛰어난 게 아니었다. 그는 검술 또한 절정고수의 수준, 그 이상이었다.

하지만 베고 또 베어도 길은 열리지 않았고, 그 와중에 연후가 전장으로 뛰어들면서 시야에서 사라지고 말았다.

'빌어먹을…….'

쐐액!

좌측에서 섬뜩한 기운이 날아들었다.

서백은 몸을 옆으로 틀면서 검을 뻗었고, 검은 그를 노리고 달려들던 적의 목을 그대로 꿰뚫었다.

퍽!

"컥!"

"죽엇! 개새끼야!"

이번에는 우측이었다.

다급함에 집중력이 흐트러졌던 서백은 황급히 몸을 비틀며 뒤로 빠졌지만, 적의 검이 그의 어깨를 베고 지나갔다.

팟!

솟구친 피가 서백의 얼굴을 붉게 물들였다.

하지만 서백은 좌수를 뻗어 상대의 목을 움켜쥐고는 그대로 비틀었다.

으드득!

"끄아아!"

* * *

위이잉!

퍼퍼퍽!

"크아악!"

"크악!"

적이 밀집해 있는 곳으로 날아간 혈마번이 단숨에 수십의 적을 베고 지나갔다.

이런 대규모 전투일수록 더 가공할 위력을 보이는 혈마번이었다.

"무영! 현진과 서백을 찾아라!"

"예!"

백무영이 먼저 뛰어올랐다. 그는 적들의 머리 위를 날아가며 창을 마구 휘둘렀다.

퍼퍼퍽!

적들은 왜 죽는지조차 모른 채 머리가 수박처럼 터져나갔다.

슈아악!

그때 백무영을 향해 달려드는 자들이 있었다.

누가 누군지 헷갈릴 만큼 똑같이 생긴 쌍둥이였다. 그들은 각각 검과 대도로 백무영의 가슴과 다리를 노렸다.

"흥!"

백무영은 코웃음을 치며 허공으로 솟구쳐 올랐다. 고수들 간의 싸움에서 허공으로 뛰어오르는 것은 죽음을 자초하는 법.

하지만 백무영은 눈앞의 쌍둥이와는 궤를 달리하는 고수였다.

"뒈져!"

쌍둥이들은 다 잡은 물고기라 여기며 백무영을 쫓아 솟구쳐 올랐다.

그때 허공에서 한 차례 회전을 하며 방향을 바꾼 백무영의 창이 쌍둥이들을 향해 떨어져 내렸다.

"……!"

"헉!"

당혹성의 끝은 죽음이었다.

퍼퍽!

"크아악!"

"끄악!"

한 명은 상하체가 분리되었고, 다른 한 명은 어깨에서 허리까지 비스듬하게 갈라지는 참혹한 죽음이었다.

촤아악!

피와 내장이 쏟아지며 아래의 적들을 덮쳤다.

백무영은 다시 적 한 명의 머리를 박차고 더 높은 곳으로 뛰어올랐다.

그러고는 사방을 살피다가 저만치 앞에서 격전을 치르고 있는 서백을 발견하고는 즉각 몸을 날렸다.

그 길이 결코 순탄할 수는 없었다. 워낙에 많은 적이

있었던 까닭이다.

하지만 백무영은 지상으로 내려가지 않고 오직 적들의 머리 위로만 움직였다.

퍼퍼퍽!

"컥!"

"케엑!"

백무영이 지나간 곳에는 어김없이 머리가 사라진 시신이 나뒹굴었다. 그러기를 일각쯤 지나고서야 백무영은 서백의 곁에 다다를 수 있었다.

"너 괜찮냐?"

"형님! 현진 형님이 위험합니다!"

"뭐?"

"서문회를 유인하기 위해 홀로 저쪽으로 가셨습니다!"

백무영은 서백이 가리킨 곳을 돌아봤다.

전장에서 한참 떨어진 능선이었다. 아무도 없는 그곳의 숲 일부분이 맹렬히 들썩이고 있었다.

백무영은 서백을 돌아보며 외쳤다.

"내가 먼저 가 볼 테니 너는 주군께 알려라!"

"예! 서둘러 주세요!"

"알았다."

철컥철컥!

백무영의 창이 또 다른 형태로 바뀌었다. 밀집된 적을

돌파하기 위해 가장 살상력이 높은 형태로 변화시킨 것이다.

화아악!

“비켜, 새끼들아.”

* * *

퍽!

“컥!”

서령의 소수가 상대의 가슴을 뚫었다.

그런 서령을 향해 달려들던 두 명의 적은 동방리의 검에 의해 목이 날아갔다.

동방리가 소리쳤다.

“집중해요!”

씨익!

“뒤쪽은 당연히 가주님을 믿었죠.”

“……진짜!”

“어서 싸워요.”

두 여인은 다시 적들을 향해 달려들었다. 철우가 동방리의 곁을 수호신처럼 지켰다.

한편 가장 늦게 전장으로 뛰어든 육손과 악소, 그들이 뛰어든 곳은 서백과 아주 가까운 곳이었다.

악소가 미간을 좁혔다.
“이러면 독을 쓸 수가 없는데…….”
“예. 아군과 적이 너무 뒤섞여 있네요.”
“내 곁에서 떨어지지 마라.”
“예.”
스르릉!
악소가 검을 뽑았다.
동시에 육손은 환술을 펼치려다가, 문득 서백을 발견하고는 소리쳤다.
“형님!”
하지만 병장기 소리와 고함 소리가 뒤섞여 들리지 않은 것인지 서백은 아무런 반응도 보이지 않았다.
“형님! 거기 계세요! 제가 갈게요!”
서백은 그제야 육손의 외침을 들은 것인지 고개를 돌렸고, 그 또한 무어라 소리쳤다.
하지만 육손 또한 주변을 가득 메운 소음 탓에 그가 무어라 외치는 것인지 도무지 알아들을 수 없었다.
휘리릭!
육손의 두 손이 허공을 휘저었다.
그러자 두 마리 호랑이가 나타나 적들을 향해 달려들었다.
호랑이는 환영이었지만 그 속에는 치명적인 살수가 감

춰져 있었다.

"크아악!"

"으아악!"

환영이 지나가자 더 무서운 존재가 적들을 덮쳤다. 누구보다 잔혹한 손속을 지녔다고 정평이 나 있는 야차왕 악소의 검은 소문보다 더 잔혹하고 무자비했다.

까강!

퍽!

"크악!"

검과 사람이 통째로 갈라졌다.

그 뒤에 있던 적도 팔 하나가 뎅강 잘려 날아갔다.

"크아악!"

* * *

"비키라고!"

서백은 악을 쓰며 칼춤을 추었다.

이미 그의 전신은 피로 흥건히 젖어 있었고, 검 끝은 서서히 무뎌지고 있었다.

연후에게 현진의 위험을 알려야 한다는 생각에 공력의 운영에 문제가 생겨 버린 까닭이었다.

그나마 백무영이 갔지만 그래도 서백은 마음을 놓을 수

가 없었다.
상대는 아수라마공을 익힌 서문회이지 않은가.
슈악!
검 하나가 서백의 가슴을 향해 날아들었다.
그러나 서백은 오히려 앞으로 나서며 검을 흘려보낸 다음 적의 가슴에 검을 쑤셔 박았다.
퍽!
"끄어어……."
"개새끼! 뒈져 버려!"
한 줄기 노호성과 함께 뒤쪽에서 섬뜩한 기운이 쇄도했다.
서백은 적의 가슴에 박힌 검을 채 빼내지도 못한 채 몸을 회전하며 옆으로 물러섰다.
팟!
간발의 차이로 검이 서백의 머리카락 몇 올을 베고 지나갔다.
옆으로 물러섰던 서백은 내려서기가 무섭게 다시 땅을 박차고 뛰어올라 적을 향해 달려 나갔고, 적 또한 재차 서백에게 달려들었다.
둘은 한 치도 물러설 생각이 없는지 정면으로 서로를 향해 쏘아져 나갔다.
씨익!

적의 입가에 미소가 떠올랐다.

정면으로 맞부딪친다면 검을 들고 있는 자신의 공격이 먼저 닿을 수밖에 없는 까닭이었다.

그러나 바로 그때.

한순간 서백이 시야에서 사라졌다.

"……!"

적이 두 눈을 부릅떴다. 부릅뜬 두 눈은 빠르게 아래로 향했고, 뒤이어 밑에서부터 올라오는 서백의 시선과 마주쳤다.

퍽!

서백의 주먹이 적의 턱을 그대로 강타했다.

적은 비명조차 지르지 못했다. 머리가 형체도 없이 날아가 버린 까닭이었다.

촤악!

서백은 피를 뒤집어쓴 채로 거친 숨을 토했다.

"후욱!"

"형님!"

육손이 달려왔다. 뒤이어 악소도 다가왔다.

서백은 얼굴에 뒤집어쓴 피를 닦아 낼 생각도 못한 채 악소를 향해 외쳤다.

"현진 형님이 위험합니다!"

* * *

쿠궁!

드드드…….

백무영은 흔들리는 숲을 응시하며 눈빛을 가라앉혔다.

'진 안에서 싸우고 있다.'

굉음이 터지고 숲이 흔들릴 때마다 주변이 마치 물에 비친 그림자처럼 일렁거렸다.

환형진의 현상이었다.

파르르…….

백무영의 두 눈이 흔들렸다.

'일부러 전장에서 떨어진 곳으로 서문회를 유인하여 진에 가둬 버리다니…….'

그것이 의미하는 것이 무엇일까?

쾅!

백무영은 발로 땅을 구르며 소리쳤다.

"우리가 올 때까지 기다렸어야지!"

슈아악!

백무영의 창이 숲을 때렸다.

하지만 강력한 반력이 창을 밀어냈다. 그건 천하의 백무영도 감히 거스르지 못할 강력한 자연의 힘이었다.

'빌어먹을…….'

백무영은 두 눈을 질끈 감았다.

현진이 아무리 그 능력이 뛰어나다 해도 저 좁은 공간에서 서문회를 감당할 순 없을 터였다.

쿠쿠쿵!

드드드!

숲이 흔들리고 대지가 울리자 능선 위쪽의 돌덩이들이 경사를 타고 아래로 굴러떨어졌다.

백무영은 전장을 돌아봤다.

'주군이 오셔야 한다. 주군만이 저 진을 깰 수 있다!'

쾅!

땅을 박차고 뛰어오른 백무영은 시위를 떠난 화살처럼 전장을 향해 날아갔다.

* * *

위이잉!

혈마번이 두 개로 갈라지며 적들을 덮쳤다.

퍼퍼퍽!

"크아악!"

"크악!"

적들은 날아드는 혈마번을 보고서도 막지도, 피하지도 못한 채 피를 뿌리며 쓰러졌다.

시산혈해(屍山血海).
연후는 그 속으로 천천히 걸어 들어갔다.
"으……."
더 이상 적들은 연후와 싸우려 들지 않았다. 이미 주변의 적들은 연후를 피해 전장 서쪽으로 물러섰고, 미처 빠져나가지 못한 적들은 구렁이를 만난 원숭이처럼 몸을 바들바들 떨며 서 있을 뿐이었다.
철컥철컥!
마병 월아가 송곳니를 드러냈다.
휘리릭!
동방리와 서령이 그의 좌우로 다가왔다. 뒤는 철우의 몫이었다.
연후는 동방리를 돌아봤다.
"전 괜찮아요."
연후는 다시 전방으로 시선을 돌렸다.
우우웅!
월아가 백색의 광채를 뿜기 시작했다.
백색의 광채는 마치 살아 있는 뱀처럼 그의 전신을 거미줄처럼 얽어매며 요동쳤다.
치르륵!
"내게서 조금만 떨어지시오."
"예."

동방리와 서령이 연후에게서 떨어졌다.

그때였다. 적들의 머리 위로 악소가 솟구쳐 올랐다.

막 출수를 하려던 연후는 미간을 좁히며 악소를 응시했다.

퍼퍼퍽!

"크아악!"

"끄악!"

적의 머리를 날려 버린 악소가 연후의 앞으로 떨어져 내리며 굳은 얼굴로 말했다.

"현진이…… 위험합니다, 주군."

6장

# 현진, 서문회와 맞서다

北天戰記

# 현진, 서문회와 맞서다

'이놈이 이렇게 강했다니…….'

현진을 바라보는 서문회의 눈빛이 두 눈에 경악이 담겼다.

쉽게 죽일 수 있다고 여겼던 현진이었다. 그런데 막상 뚜껑을 열어 보니 그게 아니었다.

현진은 수시로 주변 환경을 변화시키며 자신의 공격을 무디게 만들었고, 때때로 가해 오는 반격은 등골이 서늘할 정도로 날카롭고 치명적이었다.

'여기서 시간을 지체할 순 없다.'

실룩.

서문회의 눈가에 잔 경련이 일었다. 뒤이어 두 눈을 지그시 감으며 자세를 바꿨다.

콰우우!

서문회의 주변에서 흙먼지가 치솟기 시작했다.

* * *

'끝장을 보려는 건가?'

현진은 돌연 분위기가 바뀌어 가는 서문회를 직시하며 숨을 골랐다.

투두둑!

가슴에서 떨어진 피가 바닥을 적셨다.

지금까지의 공방에서 몸 곳곳에 검상을 입었지만 지혈을 할 여유조차 그에게는 없었다.

'길어 봤자 일각이다. 그 이상은…….'

그 이상은 자신이 없었다.

서문회는 예상보다 더 강력했고, 공방을 주고받을 때의 냉철함과 정교함은 소름이 끼칠 정도였다.

'어떻게 되었을까?'

바깥 상황이 걱정이었다.

'주군은 오셨을까?'

연후를 떠올리니 울컥하며 호흡이 거칠어졌다.

뒤이어 함께 했던 모두의 얼굴이 주마등처럼 스쳐 지나가자 현진의 눈가에 이슬이 맺혔다.

현진은 웃었다.

'저 먼저 떠난다고 속상해하지 마십시오. 저승에서 기꺼이 웃으며 주군과 북천을 응원하겠습니다.'

땀인지 눈물인지 모를 액체가 뺨을 타고 입술로 흘러내렸다.

그때 서문회가 감았던 눈을 떴다.

팟!

순간 두 눈에서 핏빛 광채가 폭발하는가 싶더니 이내 대해처럼 깊고 조용하게 변했다.

"고작 네놈 따위 때문에 이 힘까지 쓰게 될 줄은 몰랐구나."

목소리도 변했다.

심상치 않은 서문회의 변화에 현진은 드디어 올 것이 왔구나 하는 심정으로 최후의 힘을 준비했다.

"나는 죽겠지만 당신은 영원히 그분을 넘지 못할 것이오."

"그래? 그럼 죽어 저승에서 지켜보거라. 네놈이 그토록 믿고 있는 네놈의 주인이 내 손에 어떻게 되는지를."

서문회의 목소리는 마치 공명처럼 울렸다.

현진은 몸속으로 흘러드는 강력한 충격에 어금니를 깨물었다.

'목소리 자체가 음공의 위력을 발휘하다니……. 이자……

진정 괴물이 되었구나.'

파르릇!

현진의 장포가 풍선처럼 부풀어 올랐다.

죽음은 이미 각오하고 있었다.

하지만 죽어도 최대한 시간을 끌어야 했다. 그것이 서문회를 이곳으로 유인한 목적이니까.

"이제 끝장을 내 주마, 애송이."

"오시오."

치르륵.

서문회의 검이 핏빛 강기를 머금어 갔다. 지금까지와는 빛깔부터가 다른 그것이 현진의 두 눈을 붉게 물들였다.

투두둑!

음공에 저항하느라 무리해서 공력을 쓴 까닭에 상처 부위에서 더 많은 피가 흘러내렸다.

그래서일까?

현진의 전신을 두른 검은 연기의 정도가 옅어졌다가 진해지기를 반복했다.

실룩.

서문회의 입가에 미소가 걸렸다.

"이제 그만 지옥으로 가거라."

팟!

* * *

서문회는 최대한 빨리 현진을 죽이고 이곳을 빠져나가기 위해 결단을 내렸다.

폭주 때문에 망설였던 금기의 마공을 끌어낸 것이다.

언제까지 이곳에 갇혀 있을 수만은 없었던 까닭에 어쩔 수 없이 내린 결단이었다.

콰우우…….

몸속에서 일어나는 강력한 힘의 움직임에 서문회는 희열을 감추지 못했다.

희열은 강력한 힘 때문만이 아니었다.

'폭주가 일어나지 않았다!'

반신반의했던 결과.

하지만 우려는 사라졌다. 오히려 명경지수(明鏡止水)처럼 더 맑아진 머릿속이 마치 한 단계 각성을 한 것 같았다.

'저놈이 나를 더 강하게 만들어 주었구나. 후후후.'

치르륵!

서문회는 검에 마기를 끌어올렸다. 그러자 온몸이 깃털처럼 가벼워지며 새처럼 날아오를 것만 같았다.

실룩.

서문회는 웃었다.

전화위복(轉禍爲福)이 바로 이러한 것이리라.

"이제 그만 지옥으로 가거라."

팟!

서문회는 현진을 향해 달려들었다.

아니, 달려들겠다는 생각을 했을 뿐인데, 이미 몸은 시위를 떠난 화살처럼 반응하고 있었다.

'이것이다!'

서문회는 대소라도 터트리고 싶었다.

어쩔 수 없이 내린 결단의 결과는 그를 흡족하게 만들어 놓았다.

번쩍!

서문회의 검이 핏빛 광채를 폭사하며 현진을 향해 떨어져 내렸다.

동시에 현진의 몸을 둘러싸고 있던 검은 연기가 서문회의 검을 휘감았다.

쾅!

강력한 충격에 이어 서문회의 몸이 한 차례 휘청거렸다. 그는 자신의 운신을 방해하는 강력한 힘에 눈빛을 떨었다.

'아직도 이런 힘이 남아 있다니…….'

자욱한 흙먼지가 걷히며 현진이 모습을 드러냈다.

주르륵!

입과 코에서 선혈이 꾸역꾸역 흘러내렸고, 검상을 입었던 가슴도 뼈가 드러날 정도로 벌어져 있었다.

하지만 눈빛만큼은 여전했다.

서문회는 치를 떨었다. 살면서 숱한 상대를 만났지만 이토록 끈질긴 상대는 처음이었다.

"지독한 놈. 네놈의 그 집념만큼은 인정해 주마. 하나 더는 아니다, 애송이."

서문회는 다시 현진을 향해 검을 겨눴다.

휘청!

현진이 한쪽 무릎을 꿇으며 오른손으로 땅을 짚었다. 이미 그는 한계를 초월한 상태였다.

그럼에도 다시 힘을 짜내어 일어섰다. 몸이 촛불처럼 이리저리 흔들렸지만 현진은 두 손을 들어 검은 연기를 만들어 냈다.

그 모습을 보며 서문회는 처음으로 현진을 죽이는 것이 매우 아깝다는 생각을 했다.

'저런 놈이 한 명이라도 내 곁에 있었더라면…….'

아쉬움의 뒤는 분노였다.

연후와 함께하는 무서운 능력자들, 그들 때문에 대막을 잃고 세력을 찾아 천하를 떠도는 신세가 되지 않았는가.

"네놈을 시작으로 한 놈, 한 놈 갈가리 찢어 죽여 줄 것이다. 그다음은 북천, 그다음은 이 세상을 모조리 피로

씻어 줄 것이야!"

"꿈을 꾸고 있군. 다시 말하지만 당신은 절대 그분의 상대가 될 수 없소."

"닥쳐라!"

쾅!

서문회가 섰던 곳에서 흙먼지가 일었다.

현진은 자신을 향해 달려드는 서문회를 직시하며 두 손에 남은 모든 힘을 담았다.

주르륵.

피가 섞인 눈물이 뺨을 타고 흘러내렸다.

'먼저 가겠습니다, 주군.'

가랑잎처럼 날아간 현진이 무형의 막에 튕겨 옆으로 떨어졌다.

하지만 그는 다시 일어섰다. 그러고는 서문회를 향해 처절하게 웃었다.

"난 아직 당신을 보내 줄 생각이 없…… 우웩!"

좌아악!

시커멓게 죽은피를 게워 낸 현진이 다시 한쪽 무릎을 꿇었다.

바르르…….

땅을 짚은 팔이 심하게 흔들렸다.

하지만 기어코 다시 일어나는 현진이었다.

서문회는 그런 현진을 향해 다가가며 고개를 절레절레 흔들었다.

"지독한 놈."

"내가 좀 그렇소."

"이제 그만 죽어라, 이놈."

뒤이어 핏빛 강기를 머금은 검이 현진의 목을 향해 떨어져 내렸다.

현진은 눈을 감았다.

그리고 웃었다.

'이 정도면 할 만큼 했어.'

* * *

'어째서 하늘은 내게 없는 것을 그놈에게 이리도 많이 주었단 말인가!'

서문회는 들끓는 분노에 호흡마저 거칠어졌다.

눈앞의 현진을 보고 있자니 자꾸 연후가 떠올랐다. 자신이 가지지 못한 것을 가진 연후, 그에 대한 질투심은 살의만큼이나 컸다.

"지독한 놈."

"내가 좀 그렇소."

"이제 그만 죽어라, 이놈."

서문회는 웃고 있는 현진의 목을 향해 검을 휘둘렀다.

그때였다. 서문회의 뒤쪽 숲이 좌우로 갈라지며 누군가가 뛰어들었다.

"……!"

서문회가 황급히 검을 거두며 옆으로 물러선 것은 자신을 향해 날아드는 한 줄기 섬뜩한 기운을 느꼈을 때였다.

팟!

허공에 잘린 머리카락이 흩날렸다.

뒤이어 맞은편 숲이 충격에 의해 물결치는 수면처럼 일렁였다.

쾅!

서문회는 현진의 앞을 막아서는 누군가를 응시하며 눈빛을 떨었다.

'이연후…….'

* * *

"……제 소임은 여기까지인 것 같습니다, 주군."

연후는 힘없이 쓰러지는 현진을 부축하며 재빨리 명문혈에 손바닥을 가져다 댔다.

'위험하다!'

서문회가 등 뒤에 있건만 연후는 현진의 몸속으로 진기

를 불어넣었다. 한시라도 지체하면 현진이 죽을 수도 있는 까닭이었다.

서문회는 연후를 공격하지 않았다.

아니, 못했다. 악소와 백무영, 서백 등이 뒤를 이어 진 속으로 뛰어든 탓이었다.

그들이 뛰어들기 전에 서문회는 진을 가르고 밖으로 뛰쳐나갔다.

백무영의 창이 허공을 갈랐고, 악소의 검이 강기를 뿜었다.

꽈광!

두 번의 공격을 막아 낸 서문회는 그대로 진을 빠져나갔고, 백무영과 악소가 그를 쫓아 몸을 날렸다.

서백은 연후의 곁으로 다가왔다.

"괜찮은 겁니까!"

"그 사람을 데려와 줘야겠다."

"알겠습니다!"

서백은 황급히 진을 벗어나 전장을 향해 몸을 날렸다.

연후는 잠을 자듯 의식을 잃은 현진을 조심스럽게 땅에 눕혔다.

그러고는 피가 콸콸 흘러나오는 환부를 두 손으로 눌렀다. 혈도까지 짚었지만 피는 손가락 사이로 끊임없이 흘러내렸다.

'죽지 마라, 현진.'

* * *

"비켜, 개자식들아!"

퍼퍼퍽!

"크악!"

"으아악!"

적에게 서령의 소수는 악마의 손짓이나 다름없었다.

검으로 막으면 검이 부러지고, 대도로 막으면 대도가 산산조각이 나 버리니 누구도 그녀 앞에서 죽음을 피할 방법은 없었다.

동방리 또한 적들에게 공포의 대상인 건 마찬가지였다.

그녀의 두 눈은 지금껏 볼 수 없었던 살기가 충만했고, 그녀의 일검, 일검에도 죽이고야 말겠다는 살의가 담겨 있었다.

서걱!

"크억!"

"켁!"

그녀를 노리고 달려들던 적들은 철우라는 장벽을 넘어서지 못하고 모조리 땅에 드러누웠다.

물러서는 적들은 육손의 몫이었다.

그의 환술은 누구보다 넓은 살상 범위를 자랑했고, 환술이 한 번 쓸고 지나가면 열 명 이상이 떼죽음을 당하는 상황이 반복되었다.

그러던 그때, 서백이 그들 있는 곳으로 떨어져 내렸다.

동방리가 즉각 물었다.

"군사는 무사하신가요?!"

"위독하십니다. 속히 가 주셔야 할 것 같습니다."

굳어지는 동방리의 얼굴. 그녀가 서백을 돌아보며 외쳤다.

"퇴각을 명하세요!"

"……예?"

서백이 두 눈을 동그랗게 치뜰 때, 동방리가 육손을 돌아보며 잔혹한 말을 꺼냈다.

"아군이 물러나면 그때 독을 쓰도록 하세요."

* * *

둥둥둥!

"퇴각하라!"

"전군 퇴각이다!"

중원연합군이 전장을 빠져나가기 시작하자 황룡군이 환호성을 내질렀다.

"적들이 물러간다!"

"으하하! 우리가 이겼다!"

사실 냉정하게 생각해 보면 우위를 점하고 있던 중원연합군이 퇴각을 한 상황은 사실 수상하기 짝이 없는 일이었다.

그러나 수세에 몰렸다가 죽다 살아난 황룡군은 기쁨에 취해 의심할 생각조차 하지 못했다.

우와아아!

환호성을 질러 대는 남만군을 향해 하얀 연기가 밀려들었다.

독연이었다.

독연은 바람을 타고 빠르게 남만군을 덮어 갔다.

"컥!"

"켁!"

"도, 독이다!"

"크아악!"

"피해라!"

승전의 기쁨은 온데간데없이 독연을 피해 사방으로 흩어지기 시작하는 남만군이었다.

퍼퍼펑!

이번에는 독탄이 터졌다.

"으아악!"

"크악!"

* * *

퍽!

"크억!"

남만군의 중진이 북궁천의 검에 목이 날아갔다.

북궁천은 곧장 다른 자를 덮쳤고, 두 명의 적이 그의 검에 고혼이 되었다.

까가강!

콰콰콱!

"으악!"

"크아악!"

능선 곳곳에서 혈전이 벌어지고 있었다.

검가의 고수들과 무림맹의 고수들이 주축이었던 곳이라 상대적으로 숫자가 적었다.

그에 반해 공격을 해 온 적의 수는 거의 두 배에 달했던 까닭에 전황은 어느 쪽의 손도 들어 주지 않은 채 팽팽하게 흘러갔다.

퍽!

"크윽!"

또 한 명의 적을 죽인 북궁천은 숨을 고르며 맞은편 능선을 바라봤다. 그곳에서도 혈전이 벌어지고 있었다.

그런데 그때였다.

북궁천이 두 눈을 부릅떴다. 중원연합군이 능선 아래로 우르르 쏟아져 내려오는 것을 본 것이다.

백도량이 믿을 수 없다는 표정으로 외쳤다.

"아군이 밀리고 있습니다!"

북궁천도 믿을 수 없었다.

현진이 이끄는 병력의 수는 이만에 달했다. 하면 결코 적에게 밀려서 퇴각하는 일은 없어야 했다.

와아아!

능선 위쪽에서 적들이 내지르는 함성이 천둥처럼 흘러나왔다.

북궁천의 얼굴이 돌처럼 굳어졌다.

'대체 어떻게 된 일이지? 어쩌다가 밀려 버렸단 말인가!'

현진의 능력을 누구보다 믿고 있었던 그로서는 눈앞에서 벌어지고 있는 광경이 도저히 믿기지가 않았다.

그때였다.

"크아악!"

"으악!"

능선 위쪽에서 함성이 걷히고 처절한 단말마가 터져 나오기 시작했다. 뒤이어 혼비백산하여 숲을 헤치며 뛰쳐나오는 적의 모습이 북궁천의 눈을 비수처럼 파고들었다.

"크아악!"

"독이다!"

"피해라!"

'독? 그렇다면…….'

"독을 쓰기 위해 일부러 퇴각하는 것처럼 꾸민 모양입니다!"

백도량이 외쳤다.

북궁천의 얼굴이 비로소 밝아졌다.

한편 맹렬히 공격을 퍼붓던 적들은 맞은편 쪽에서 아군이 쏟아져 나오자 당황하기 시작했다.

때를 놓칠세라 북궁천의 입에서 노호성이 터졌다.

"공격하라!"

우와아아!

"크아악!"

"으악!"

북궁천은 적의 한복판으로 뛰어들었다. 백도량을 비롯한 검가의 무사들이 그를 쫓아 몸을 날렸다.

대규모 전투에서 기세를 타는 것만큼 중요한 것은 없는 법.

순식간에 기세를 내준 적은 결국 버티지 못하고 퇴각하기 시작했다.

하지만 그들을 기다리고 있던 것은 맞은편에서 거짓 퇴

각을 한 중원연합군이었다.

"모조리 죽여 버려!"

"개새끼들! 잘 걸렸다!"

콰콰콱!

"크아악!"

"으악!"

* * *

서문회는 뒤를 돌아봤다.

백무영과 악소가 쫓아오고 있었지만 거리는 서서히 벌어지고 있었다.

돌아서서 싸울까도 생각해 봤지만 언제 연후가 들이칠지 몰라서 그럴 수가 없었다.

쾅!

서문회는 최대 속도로 경공술을 펼쳤다.

그리고 얼마 후, 둘의 모습이 시야에서 사라지가 서문회는 방향을 틀어 맞은편의 고봉(高峯)으로 올라섰다.

파르르…….

그곳에서 내려다보니 중원연합군에게 협공을 당하고 있는 황룡군의 처절한 상황이 한눈에 들어왔다.

'그놈 때문에…….'

현진에게 발목을 잡혀 시간을 지체한 것이 결정적인 요인이었다.

서문회는 남쪽으로 시선을 돌렸다.

까마득한 거리에 본대의 후미가 보였다. 그나마 황룡군을 이용해 양쪽 능선에 매복했던 적을 공격한 덕분에 본대는 무사히 전장을 빠져나간 모양이었다.

물론 그럴 목적으로 공격을 한 것은 아니었지만 결과가 그렇게 되고 말았다.

'황룡군이 진정한 정예인데…….'

서문회는 아쉬움에 좀처럼 고봉을 뜨지 못했다.

마음 같아서는 황룡군이 있는 곳으로 가고 싶었지만 이미 북쪽에서 혈왕군이 지척에 이르러 있었다.

'빌어먹을…….'

아무리 그라도 어쩔 수 없는 상황이었다.

서문회는 연후가 있는 곳으로 시선을 던졌다.

'도저히 어떻게 할 수 없었던 진을 가르고 들어오다니……. 대체 놈의 능력은 어디까지란 말인가.'

사실 현진과 싸울 때, 몇 번에 걸쳐 진을 빠져나가려고 시도를 했었다. 하지만 무엇으로도 진을 파훼할 순 없었다.

그런 진을 연후는 물리적인 힘으로 갈라 버렸다. 그가 빠져나올 수 있었던 것도 연후가 만들어 놓은 공간이 있었던 덕분이었다.

'훗날 또 보게 될 것이다…….'

결국 서문회는 황룡군을 포기하고 돌아섰다.

이제 그가 가야 할 곳은 남만. 그곳에서 모든 것을 새롭게 시작해야 할 판이었다.

휘이잉!

서문회는 본대를 쫓아 몸을 날렸다.

하지만 얼마 가지 못하고 내려서야 했다.

'하필이면 이때…….'

속에서부터 치밀어 오르는 흡혈을 향한 욕구. 주기가 빨라진 까닭에 그의 두 눈은 이미 핏빛을 띠고 있었다.

서문회는 재빨리 주변을 살폈다.

그러다가 좌측 숲을 타고 달려가는 남만군을 발견했다. 선두에 응숙이 있었다.

전장을 피해 용케 여기까지 내려온 모양이었다.

서문회는 병력의 뒤쪽으로 몸을 날렸다. 그리고 후미에서 이동하던 두 명의 무사를 소리 없이 제압하고는 숲 깊숙한 곳으로 끌고 들어갔다.

잠시 후, 흡혈을 마친 서문회는 응숙의 부대를 쫓아 몸을 날렸다.

"군사!"

그를 발견한 무사들이 놀라서 소리쳤다.

서문회는 곧장 선두로 나섰다.
응숙이 놀란 얼굴로 다가왔다.
"무사하셔서 다행입니다, 군사."
"이 병력이 전부인가?"
"예. 내려오다가 혈왕군에게 걸려 꽤 많은 병력을 잃었습니다."
그때 뒤에서 누군가 큰소리로 물었다.
"어째서 군사 혼자만 돌아온 겁니까!"
대주급 무사였다.
서문회가 그를 돌아봤다. 그러고는 미간을 좁혔다. 주변에 모여 있는 무사들의 표정이 결코 자신을 반기는 것 같지가 않았다.
"무엄한 놈들이로다."
"황룡군은 어쩌고 혼자 돌아오셨냐고 물었습니다!"
"황룡군은 본국의 정예인데, 그들은 어찌 된 겁니까!"
"어서 대답해 주십시오!"
다른 무사들까지 언성을 높이기 시작했다. 하지만 어떻게 된 일인지 응숙은 나서지 않고 지켜보기만 할 뿐이었다.
"이것들이 감히……."
챙!
서문회가 살기를 드러내며 검을 뽑았다.

그때 응숙이 나섰다.

"고정하시지요."

"네놈은 어찌하여 저놈들을 가만히 두고 보는 것이냐? 혹시 네놈도 내게 따지고 싶은 것이냐?"

"예."

"……뭐라?"

응숙의 얼굴이 차갑게 변했다.

그런 그의 좌우로 측근들이 다가와 당장에라도 검을 뽑을 자세를 취했다.

응숙이 말했다.

"군사와의 인연은 오늘로 끝내는 게 좋을 것 같습니다. 이는 우리 남만군 전체의 뜻이니 그리 알고 이만 떠나십시오."

바르르…….

서문회의 얼굴이 경련을 일으켰다.

응숙이 한마디 더 했다.

"흡혈을 하신다는 걸 알고 있습니다. 떠나지 않겠다면 모두에게 그 사실을 밝히겠습니다. 하면 누구도 더는 군사를 따르지 않을 겁니다."

스르릉.

응숙이 검을 뽑았다. 그러자 측근들도, 주변의 모두도 검과 무기를 뽑았다.

서문회의 얼굴이 분노로 인해 붉게 달아올랐다.

"네놈들이 감히……."

"한때나마 당신을 존경하고 따르고자 했던 마음이 있었습니다. 하지만 이제 더는 아닙니다. 하니 이쯤에서 떠나도록 하세요. 못하겠다면 우리 모두를 상대로 싸워야 할 겁니다."

"그냥 죽입시다!"

"씨발! 저 새끼 절대 용서 못해!"

"내 친구를 저 새끼가 잡아먹은 게 분명하다고!"

곳곳에서 욕설이 터졌다.

서문회는 아무 말도 할 수가 없었다. 크나큰 허탈함이 분노를 밀어내며 올라왔다.

"덕분에 퇴로를 열 수 있었습니다. 그 점…… 고맙게 여기고 이만 가 보겠습니다."

응숙이 돌아섰다.

하지만 한 번 일어난 분노는 좀처럼 사그라지지 않았다.

"서둘러라! 지체하면 혈왕군의 추격을 받게 될 것이다!"

응숙의 그 말이 모두의 정신을 되돌려 놓았다.

응숙이 서문회를 힐끗 쳐다보고는 걸음을 뗐다. 그리고 잠시 후, 모두가 서문회에게서 멀어졌다.

그때까지도 서문회는 그 자리에 장승처럼 멍하니 서 있

을 뿐이었다.

휘이잉!

바람이 불어와 그의 전신과 얼굴을 할퀴고 지나갔다. 그제야 서문회는 고개를 들어 하늘을 쳐다봤다.

그의 마음을 알기라도 한 걸까?

하늘에 먹구름이 드리우고 있었다. 그리고 곧 빗줄기가 떨어져 내리기 시작했다.

쏴아아!

서문회는 빗줄기를 고스란히 맞으며 미동조차 하지 않았다. 그리고 그러기를 한참이 지난 뒤에서야 쓸쓸히 돌아섰다.

"또다시 혼자가 되고 말았구나."

회한이 가득한 목소리가 입술을 뚫고 흘러나왔다.

그때였다.

사사삭!

숲을 헤치며 뛰쳐나오는 자들이 있었다. 미처 뒤를 따라붙지 못한 남만군의 일부였다.

"군사!"

서문회를 발견한 그들이 방향을 틀어 달려왔다.

순간 서문회의 두 눈에 혈광이 떠올랐다.

허탈함 때문에 잠시 잦아들었던 분노가 다시 머리를 내민 것이다. 그리고 그것은 다가오는 남만의 무사들에게 벗어날 수 없는 죽음을 의미하는 것이었다.

"버러지만도 못한 것들이 감히……."

번쩍!

* * *

쏴아아!

백무영과 악소는 고봉에 올라 주변을 살폈다.

하지만 어디에서도 서문회의 모습은 찾아볼 수가 없었다.

백무영이 굳은 표정으로 말했다.

"믿을 수가 없군. 아무리 아수라마공을 익혔다고 하나 이렇게 빨리 추격에서 벗어날 수 있다니……."

악소도 굳은 얼굴로 고개를 끄덕였다.

"절대지경을 초월한 속도였소."

"경공만이 아니다. 진 속에서 그자를 공격했을 때 하마터면 창이 부러지는 줄 알았다."

악소도 묵묵히 고개를 끄덕였다. 그 역시 그때 엄청난 충격에 하마터면 검을 놓을 뻔했었다.

백무영의 두 눈이 더욱더 무겁게 가라앉았다.

"어떻게든 처치했어야 했는데……."

"주군이 아니면 불가능할 것 같소."

"그럴까?"

"자존심이 상하지만…… 인정하지 않을 수가 없을 것 같소."

백무영이 돌아서며 나지막이 숨을 토했다. 그러고는 북쪽을 응시하며 중얼거렸다.

"현진, 그 녀석은 대체 어떻게 그런 괴물을 상대로 그 시간을 버틴 건지."

악소가 흐릿하게 웃었다.

"녀석도 괴물이었나 보오."

"살아날 수 있을까?"

"주군께서 서문회까지 포기하고 곁을 지키셨으니 반드시 살아날 거요."

"그래야 할 텐데……."

우르릉!

쩌저적!

뇌전이 둘의 얼굴을 하얗게 물들였다.

"그만 가지."

"예."

* * *

북쪽으로 이어지는 길목에 위치한 벌판.

밀림과 밀림을 이으며 제법 광활한 면적을 자랑하는 그곳에 중원연합군이 모여 있었다.

모두는 연후를 기다리고 있었다.

무림맹주 혜몽은 연후가 있는 능선을 응시하며 미간을 좁혔다.

"아무래도 분위기가 좋지 않은 것 같은데……."

"별일 아니어야 할 텐데 말입니다……."

화산파의 청공이 무거운 표정으로 말을 받았다.

혜몽이 좌측을 돌아봤다. 그곳에 거의 이만에 달하는 남만군의 포로들이 있었다.

"어쨌든 이번 전쟁도 무사히 끝난 것 같습니다. 다들 수고했습니다."

"압승입니다. 살아서 돌아간 남만군이 오만이 채 되지 못할 테니까요."

"그렇습니다."

진명이 상기된 표정으로 말했다.

혜몽이 묵묵히 고개를 끄덕이며 특유의 웃음을 머금었다.

"솔직히 그분답지 않게 너무 시간을 끄는 것은 아닌가 의아해하고 있었는데, 결과를 놓고 보니 역시 그분이 판단이 옳았습니다. 이 큰 전쟁을 치르고도 아군의 피해가 고작 수천에 불과하다니……. 함께 싸우고도 도저히 믿기지가 않습니다."

"예. 그렇습니다."

군웅들 모두가 같은 생각을 하고 있었다.

남만이 이전에 침공을 해 왔던 북해빙궁이나 서장무림과 비교해 약한 전력이라고는 하지만, 그래도 도합 이십만에 가까운 대군이었다.

그런 적들을 상대로 압승을 거뒀음에도 아군의 피해가 수천에 불과하다는 것은 역사에 남을 업적이라 할 수 있었다.

거의 대부분의 수뇌부가 혜몽처럼 연후의 소극적인 전술을 두고 의아해했던 것도 사실이었다. 특히 강경파는 연후가 없는 자리에서 노골적으로 불만을 터트리기도 했었다.

그러나 그 모든 우려가 기우에 불과했음을 연후는 다시 한번 증명해 낸 것이었다.

씨익.

"아무래도 소승이 사랑에 빠진 것 같습니다."

"예에?"

"대지존하고 말입니다."

"아……."

혜몽의 너스레에 청공과 진명이 웃음을 지었다.

그때였다.

"내려오십니다."

* * *

모두는 연후를 바라봤다.

백무영을 비롯한 북천의 핵심 인물들이 그 뒤를 따르니 지켜보는 모두의 눈에 경외감이 서려 갔다.

한 명만으로도 한 지방의 패주를 자처하고도 남을 강자인데, 그런 강자들이 자그마치 여섯 명이나 되었고, 악마의 무공이라는 소수마공을 익힌 서령까지 있으니 경외감이 드는 것은 당연한 일이었다.

혜몽이 다시 미간을 좁혔다.

"역시 분위기가 좋지 않은데……."

"뒤에 들것이 있는 것 같습니다."

진명이 연후의 뒤쪽을 가리키며 말했다. 과연 그의 말처럼 네 명의 무사가 들것을 들고 내려오고 있었다.

청공이 눈을 치뜨며 말했다.

"군사가 보이지 않습니다."

"하면 들것에 누워 있는 분이……."

"아무래도 그런 것 같습니다."

모두가 걱정스러운 얼굴로 바라보고 있을 때, 한 기의 전마가 질풍처럼 달려 나갔다.

신휘였다.

두두두!

신휘는 연후의 지척에 이르러 전마에서 훌쩍 뛰어내렸다.

그는 들것에 실려 있는 현진을 쳐다본 뒤에 연후를 응시했다.

"상태가 좀 어때?"

"이틀 정도 지켜봐야 할 것 같다."

"……."

신휘가 놀란 표정으로 동방리를 응시했다. 그의 시선을 받은 동방리는 말없이 한숨만 내쉬었다.

신휘는 다시 연후를 돌아봤다.

서문회는 어떻게 되었는지 물어보고 싶었지만 연후의 분위기가 너무 무거워 차마 그럴 수가 없었다.

연후는 군웅들이 모여 있는 곳을 향해 걸었다.

그가 가까워지자 모두가 머리를 조아렸다. 한송을 비롯한 수뇌부들이 다가왔다.

"대승을 축하드립니다, 대지존."

"덕분입니다."

짤막하게 대답을 한 연후는 남만군의 포로들이 있는 곳을 응시했다.

꿀걱.

누군가의 침을 삼키는 소리가 울렸다.

현재 모두의 관심사는 연후가 과연 남만군의 포로들을 어떻게 처리할 것인지에 관한 것이었다.

연후가 다가오자 남만군의 포로들은 두려움에 온몸을 바들바들 떨었다.

앞서 천하를 공포로 몰아넣은 잔혹한 사건을 모두가 기억하고 있었기에 그 자리에 있던 모든 이들은 긴장할 수밖에 없었다.

피아를 합쳐 십만이 넘는 이들이 그 자리에 있었음에도 주변 일대는 질식한 것만 같은 침묵에 휩싸였다.

잠시 후 연후는 한송을 돌아봤다.

"포로들을 광동성으로 압송하겠습니다."

"광동성으로…… 말입니까?"

"따로 쓸 곳이 있습니다."

"알겠습니다. 대지존의 뜻이 그러하시다면 그리해야지요."

곳곳에서 상반된 반응이 터졌다.

어떤 이들은 아쉬움을, 어떤 이들은 안도하는 기색이었다.

동방리가 연후의 손을 살며시 잡았다. 말은 하지 않았지만 그녀는 포로들을 받아들인 연후의 결정을 반기고 있었다.

만약 연후가 서북의 항군처럼 몰살을 결정했다면 그를 향한 천하의 시선이 변질될까 걱정하고 있었던 그녀였다.

연후는 신휘를 돌아봤다.

"남만은 추후 생각토록 하지."

신휘는 묵묵히 고개를 끄덕였다.

"하면 사천당가로 갈 텐가?"

"좀 쉬어야겠어."

"알았네."

신휘가 뒤를 향해 외쳤다.

"전군, 귀환한다."

"전군! 귀환한다!"

둥둥둥!

* * *

휘이잉!

펄럭펄럭!

서문회는 장포를 찢을 것처럼 불어 대는 바람에 몸을 맡긴 채 북쪽으로 향하는 중원연합군을 바라보며 눈빛을 떨었다.

'이연후…….'

또다시 완벽한 패배를 당했다.

또한 남문군에게 외면을 당하는 수치와 치욕마저 겪었다.

이 모든 것의 원인은 연후였다.

'도대체 어째서 저놈을 넘어서지 못한단 말인가. 왜…….'

서문회는 속이 뒤집힐 것만 같았다. 애써 감정을 다스리려 해 봤지만 그럴수록 주체할 수 없는 분노만 치밀어 올랐다.

더 화가 나는 것은 현진의 진 속으로 연후가 뛰어들었을 때, 감히 그와 맞설 생각조차 하지 못하고 도망치기에 급급했다는 사실이었다.

뒤를 따라 들어온 백무영과 악소가 있고 없고는 별개의 문제였다. 그때 서문회는 싸우면 안 된다는 본능에 충실했을 뿐이었다.

'놈은 나를 쳐다보지도 않았다.'

현진을 죽이려던 자신을 막아섰던 연후.

그다음에 연후는 자신이 등 뒤에 있음에도 아랑곳하지 않고 현진을 보살폈다. 마치 너 정도는 안중에도 없다는 것처럼.

바르르…….

그것이 압도적인 패배를 당한 것만큼이나 서문회를 괴롭히고 있었다.

휘이잉!

바람이 점점 거세졌다.

하지만 서문회는 중원연합군이 시야에서 사라질 때까

지 자리를 뜨지 못했다.

'다시 혼자인가?'

분노를 밀어내며 진한 서글픔이 밀려들었다.

또다시 혼자의 몸이 되었다. 더 서글픈 것은 더는 찾아갈 세력이 없다는 점이었다.

그나마 있다면 북해빙궁이었다.

하지만 그들은 대막을 무너뜨린 원흉이지 않은가. 하니 협력의 대상이 아니라 연후만큼이나 죽여 없애야 할 불구대천의 원수였다.

휘이잉.

바람이 잦아들기 시작하자 숲 곳곳에 짐승들이 나타나기 시작했다.

짐승들은 서문회를 발견하고는 소스라치게 놀라며 다시 숲으로 뛰어들었다.

서문회는 장승처럼 자리를 뜨지 못했다. 그러다가 어둠이 내려앉기 시작하고서야 걸음을 떼었다.

연후가 떠난 북쪽을 향해서.

'중원무림을 상대할 수 없다면 너만큼은 죽이고야 말리라.'

서문회의 선택은 연후만큼은 무슨 일이 있어도 죽이겠다는 것이었다.

홀로 중원무림을 상대로 전쟁을 치를 수 없으니 연후의

주변을 맴돌며 기회를 엿볼 생각이었다.

'설사 광인이 되더라도 네놈만큼은 내 손으로 갈가리 찢어 놓고야 말 것이다.'

* * *

연후는 잠을 자듯 누워 있는 현진을 내려다봤다.

창백한 안색에 파리한 입술은 지금 당장 숨이 끊어져도 하나 이상할 것이 없을 만큼 위중한 상태임을 말해 주고 있었다.

**저는 당신의 그 잔혹함이 싫습니다. 그러니 다시는 찾아오지 마십시오.**

**이제야 주군의 뜻을 조금은 이해할 것 같습니다.**

머릿속에서 현진과의 모든 것들이 주마등처럼 스쳐 지나갔다.

연후의 곁에 있는 이들은 제각기 이유는 다르지만, 전부 연후의 무언가에 이끌려 그의 곁에 있기로 마음먹은 이들이었다.

그러나 현진만큼은 달랐다. 그는 어쩌면 이 세상에서

유일하게 연후가 먼저 손을 내민 존재일지도 몰랐다.

심지어 몇 차례의 거부 끝에 함께하기로 한 뒤에도 마음을 열기까지는 상당히 긴 시간이 걸렸었다.

과연 앞으로 그러한 존재를 다시 만날 수 있을까.

그런 의미를 지닌 현진을 잃을지도 모른다고 생각하니 가슴이 비수로 도려내듯 아팠다.

그렇게 연후가 침통에 잠겨 있을 때, 문이 열리고 신휘가 들어섰다. 그는 말없이 연후의 옆으로 다가왔다.

연후는 현진을 내려다보며 독백을 하듯 말했다.

"나라면 이 녀석처럼 하지 못했을 거다."

"나도 마찬가지야. 자신을 희생하여 다른 이들을 구한다는 건 숭고하지만 누구라도 쉽게 내리기 어려운 결단이지."

신휘가 연후의 어깨 손을 얹으며 말을 이었다.

"걱정 마. 녀석은 지난날 육손처럼 반드시 회복할 거다."

"제가 최선을 다해 볼게요."

어느새 동방리도 등 뒤에 다가와 있었다. 그녀의 손에는 환부에 바를 금창약과 온갖 약초를 담은 바구니가 들려 있었다.

뒤이어 서백과 육손이 들어섰다.

연후는 동방리를 응시했다.

"부탁하오."

"너무 걱정 마세요. 강인한 분이니 반드시 떨치고 일어나실 거예요."

잠시 후 연후와 신휘는 밖으로 나섰다.

서백과 육손은 안에 남았다. 동방리를 대신하여 현진의 몸에 약을 발라야 했기 때문이었다.

신휘가 말했다.

"자네도 좀 쉬도록 해."

"술이나 한잔하지."

"괜찮겠나?"

"괜찮아."

"그럼 그렇게 하지."

* * *

연후와 신휘는 사천당가가 한눈에 내려다보이는 곳에 위치한 정자에서 술자리를 가졌다.

주변이 횃불로 환히 밝혀져 있어서 둘이 술자리를 가지고 있다는 것을 모두가 알 수 있었다.

혜몽이 정자를 올려다보며 입맛을 다셨다.

"우린 언제쯤 저런 자리에 낄 수 있을까요?"

"그래도 맹의 맹주이시니 조만간 그렇게 되지 않겠습니까?"

청공의 그 말에 혜몽은 씁쓸한 표정을 지었다.

"맹을 출범할 때만 해도 그렇게 생각했는데…… 시간이 지나면서 저분들과의 격차가 점점 더 벌어지는 것 같습니다. 뭐랄까…… 감히 오를 수 없는 천상천에서 노는 분들이라고나 할까? 아무튼 그렇습니다."

"그렇긴 합니다만……."

사실 모두의 생각이 그러했다.

누구보다 자신들을 아껴 주었던 연후여서 매우 친밀하다 여겼는데, 몇 번의 전쟁을 치르면서 연후는 이제 감히 쳐다볼 수조차 없는 존재가 되어 있었다.

진명이 입을 열었다.

"지금까지의 역사에서 이 땅의 권력자들은 아랫사람들의 희생을 바탕으로 명성과 명예, 업적을 쌓아 왔습니다. 그건 우리 구대문파의 역사도 마찬가지였습니다. 하지만 대지존께서는 그러한 것들보다는 어떤 상황에서도 아군을 먼저 살리는 것을 우선시해 오셨습니다. 덕분에 그 큰 전쟁을 연이어 치르면서도 무사들의 희생은 믿을 수 없을 정도로 적었습니다. 그에 반해 서장과 북해빙궁, 대막은 그렇지 않았습니다. 그들은 과거의 권력자들처럼 승리를 위해서라면 아랫사람들의 희생은 당연시 여겼고, 그 차이가 승패를 갈랐다고 생각합니다."

"그렇습니다. 대지존의 그러한 방식 덕분에 중원무림은 이십만에 달하는 남만군을 물리치고도 추후 북벌이 가능한 전력을 고스란히 지켜 낼 수 있었습니다."

"흠."

혜몽이 멋쩍은 표정을 지었다.

그러더니 씩 웃으며 말했다.

"하면 올라가 볼까요?"

"그건 좀……."

청공이 웃으며 말했다.

"두 분께서 중요한 대화를 나누시는 것 같으니 오늘은 참는 게 좋겠습니다."

"그렇겠죠?"

"정 술이 생각나신다면 저희와 함께하시지요."

"도가의 제자께서 술이라니요?"

"상관없습니다. 불문의 제자인 맹주께서도 술을 즐기시는데 저희라고 못하겠습니까?"

"그게 또 그렇게 되네?"

혜몽이 머리를 문지르며 다시 한번 멋쩍은 표정을 지을 때였다.

"올라오지."

연후의 목소리가 흘러들었다.

셋이 서로를 쳐다보며 두 눈을 반짝이는 순간이었다.

7장

# 서문회, 다녀가다

# 서문회, 다녀가다

술자리를 끝내고 거처로 돌아온 연후는 백무영과 악소, 철우와 함께 찻잔을 기울였다.

백무영이 조심스럽게 물었다.

“포로를 굳이 광동성으로 압송하는 이유를 여쭈어도 되겠습니까?”

연후는 차를 한 모금 마신 뒤에 입을 열었다.

“곧 동영이 해동을 칠 거다. 비록 해동이 강력하기는 하지만, 과거보다 더 강력한 전력을 구축한 풍천임을 생각하면 아주 힘든 전쟁이 되겠지.”

“하면 포로들을 해동과 동영의 전쟁에 투입하실 생각이십니까?”

연후는 묵묵히 고개를 끄덕였다.

"중원은 해동에게 큰 입혜를 입었다. 그들의 도움이 없었다면 동영이 중원을 침략했을 때 보다 큰 피해를 입었을 거다."

모두가 고개를 끄덕이며 수긍했다.

동영이 짧은 시간에 전가의 터전인 남해군도를 장악했을 때를 생각하면 누구라도 부정할 수 없는 부분이었다.

철우가 물었다.

"하면 해동을 지원하실 겁니까?"

"그럴 생각이다."

"그럼 북벌은 또 미루어야겠군요."

"그래야겠지."

연후는 대화를 나누며 마음 한편에서 불편함을 느꼈다. 해동을 돕기로 한 선택이 오로지 그들에게 은혜를 갚기 위함만은 아니었기 때문이다.

만약 자신의 뿌리가 해동이라는 것을 밝히면 어떻게 될까?

'분열이 일어나겠지.'

눈앞의 모두 상관없이 자신을 따를지도 몰랐다.

그러나 다른 세력들까지 모두 그러리라고는 장담할 수 없었다. 중원이 세상의 중심이라 자부하는 그들은 해동의 후예를 대지존으로 인정하고 따르기 어려울 터였다.

물론 따르지 않는 이들을 힘으로 굴복시키는 건 어려운

일이 아니었으나, 그런 식으로는 자신이 만들고자 하는 천하는 만들 수 없었다.

연후는 그렇게 생각했다.

"중원연합군도 데려가실 겁니까?"

백무영의 목소리가 상념을 깨트렸다.

연후는 고개를 저었다.

"아직 확실하게 정해진 것은 없다. 시간이 조금 있으니 차차 생각을 해 봐야지."

연후는 남은 차를 마저 비웠다.

"그만 돌아가서 쉬도록 해."

"예. 하면 편히 주무십시오."

"주무십시오."

백무영과 악소가 돌아가고 철우만 남았다.

"가서 쉬라니까."

"걱정이 있어 보이십니다."

"그렇게 보였나?"

"예."

누구보다 연후의 곁을 지켜온 철우라 확실히 눈치가 빨랐다.

연후는 빈 찻잔에 손을 가져갔다.

딸그락.

잠시 침묵의 시간이 흘렀다. 철우는 가라앉은 연후의

눈빛을 응시하며 확실히 그에게 말하지 못할 고민이 있음을 깨달았다.

'해동 때문이신가?'

해동을 언급한 이후부터였다. 분위기가 바뀐 것은.

"나중에 말해 줄 테니 이만 돌아가서 쉬도록 해."

"알겠습니다."

철우는 더 묻고 싶었지만 그냥 돌아서서 밖으로 나섰다.

저만치 앞에 백무영과 악소가 있었다. 철우는 그들에게로 걸어갔다.

백무영이 물었다.

"주군께 무슨 고민이 있으신 건가?"

"나도 그렇게 보였는데……."

"자네는 알 거 같은데?"

철우는 흐릿하게 웃었다.

"그냥 피곤하셔서 그런 겁니다."

"이봐, 뭐라도 알고 있으면 우리한테도 알려 줘."

"아무것도 아니라니까요?"

"정말이냐?"

"제가 형님들께 왜 감추겠습니다. 정말 피곤해서 그러신 겁니다. 하니 그만 가시죠."

백무영과 악소가 고개를 갸웃하고는 이내 거처로 향했다. 철우는 둘을 향해 머리를 조아렸다.

“아침에 뵙지요.”

“그러자고.”

* * *

흐렸던 하늘이 걷히며 초승달이 떠올랐다.

연후는 옆방에서 들려오는 동방리의 고른 숨결에 잠시 귀를 기울였다가 전각의 지붕으로 뛰어올랐다.

칼날처럼 날카롭게 휘어진 초승들이 연후의 어깨에 걸렸다.

연후는 그곳에서 앞으로 해야 할 것들을 정리하는 시간을 가졌다.

그렇게 얼마의 시간이 흘렀을까?

연후는 바람에 섞인 혈향의 흔적을 감지하고는 천천히 일어섰다.

그가 시선을 던진 곳은 전각 뒤쪽의 우거진 숲이었고, 나뭇가지에 가려진 초승달 아래에 누군가 서 있었다.

연후는 불청객을 향해 담담히 말을 던졌다.

“남만으로 가지 않은 건가?”

“네놈을 두고 갈 수가 없었지.”

“쫓겨난 것은 아니고?”

“감히 남만 따위가 그럴 수 있을 거라 보느냐?”

"충분히."

불청객은 서문회였다.

연후는 담담히 말을 이었다.

"하면 목표를 나 하나 죽이는 것으로 줄인 모양이군."

"그럴 리가 있나. 너를 죽이고 나면 곧 천하 또한 피로 적실 것이다, 애송이."

"자신이 없는 모양이군."

"뭐라?"

"자신이 있었다면 이렇게 말장난을 할 게 아니라 진즉에 나를 기습했겠지."

"……."

정곡을 찔린 서문회가 눈빛을 떨었다.

휘이잉!

바람이 불어 나뭇가지를 사납게 흔들었지만 서로의 목소리는 서로의 귓속으로 선명하게 흘러들었다.

"지금이라도 끝장을 보겠다면 그렇게 하든가."

"네놈의 안방이나 다름없는 곳에서 끝장을 본다는 건 어리석은 일이지. 다만 지금 이 순간부터 네놈의 곁을 함께하며 네놈이 소중히 여기는 이들을 하나씩 찢어발겨 주지. 어디 얼마나 지킬 수 있는지 지켜보마."

꿈틀.

연후의 눈썹이 슬며시 휘어졌다.

'최선의 선택을 했군.'

사실 이것은 연후가 가장 우려했던 상황이었다.

서문회는 연후 자신 외에는 대적할 자가 없는 절대고수였다.

그런 서문회가 작정하고 몸을 숨긴 채 기습만을 가한다면, 단 한순간도 안심할 수 없는 상황이 되고 말 터였다.

실제로 그것을 이미 지난날 서장무림의 대지존이었던 몽월이 입증한 바 있었다.

'그럼 여기서 끝낼 수밖에.'

생각만큼 행동도 빨랐다.

팟!

* * *

서문회는 달빛 아래에 서 있는 연후를 노려보며 치미는 살기를 애써 억눌렀다.

마음 같아서는 당장 달려들어 결판을 내고 싶었지만 여기는 연후에게 안방이나 다름없는 곳. 하니 참아야 했다.

그때였다.

연후가 갑자기 사라졌다.

"……!"

서문회는 본능적으로 뒤로 몸을 빼며 검을 뽑았다.

챙!

바로 그때 사라졌던 연후가 코앞에서 나타나며 한 줄기 백광이 일어났다.

번쩍!

콰!

검으로 백광을 후려친 서문회의 육신이 뒤로 튕겼다. 힘과 힘이 충돌한 공간이 일그러지며 또다시 백광이 날아들었다.

팟!

서문회는 나뭇가지를 발판 삼아 허공으로 솟구쳐 올랐다. 백광은 그가 밟고 있던 나무를 베고 지나갔다.

뒤쪽으로 한참을 날아간 서문회는 거목의 꼭대기로 가볍게 내려섰다.

그런 그의 가슴 어름이 새카맣게 변해 있었다. 충돌의 여파가 만들어 낸 열기에 장포가 타 버린 것이다.

서문회는 맞은편 거목의 위로 내려서는 연후를 직시했다.

싸아아…….

서문회는 등골에서부터 한 줄기 전율이 치밀어 오름을 느끼며 눈빛을 가라앉혔다.

'아수라마공을 익히기 전의 나였다면 이미 죽었다. 이놈…… 정말 상상조차 못할 괴물이 되었구나.'

* * *

연후는 서문회를 무심히 응시했다.

하지만 그의 속내는 전혀 무심하지 못했다.

'역시…….'

방금 전 공격은 그가 펼칠 수 있는 최고의 쾌검(快劍)이었다. 아마 천하를 통틀어도 그 속도를 눈으로 좇을 수 있는 자를 몇 되지 않을 터였다.

하지만 서문회는 제법 거리가 있었다고는 하지만 두 차례나 가볍게 공격을 막아 냈다.

가슴 어름이 새카맣게 타긴 했으나, 그건 아무런 의미도 없는 흔적에 불과했다.

휘이잉!

싸아아…….

거센 바람이 나뭇가지를 흔들자 연후와 서문회도 이리저리 흔들렸다. 흔들리는 가운데에도 서로의 시선은 한데 얽혀 있었다.

연후는 무심히 한마디 던졌다.

"자신이 없는 모양이군."

"말했지 않느냐. 네놈의 안방이나 다름없는 곳에서 싸울 순 없다고. 후후후."

"원한다면 아주 먼 곳으로 가 줄 수도 있다. 물론 나 혼자서."

"거절한다, 애송이."

씨익.

서문회의 입술이 벌어지며 송곳니가 살짝 드러났다.

"네놈이 이렇게 나오는 것을 보고 확실히 깨달았다. 네놈은 네놈의 목숨보다 주변 사람들의 안위를 더 신경 쓰고 있다는 것을. 어쩌면 동방리라는 그 계집도 그중 하나겠지? 후후후."

"……!"

파르르…….

연후의 눈빛이 미세하게 흔들렸다. 찰나의 순간에 불과했지만 서문회는 결코 그것을 놓치지 않았다.

'역시 그랬군.'

서문회의 입가에 맺힌 미소가 짙어졌다.

"네게서 소중한 것들을 하나하나 빼앗아 주마. 무력하게 소중한 것을 잃는 심정이 어떠한 것인지 깨닫게 해 주마. 피눈물을 흘리며 느껴 보거라."

팡!

서문회가 어둠 속으로 사라졌다.

연후는 뒤를 쫓지 않았다. 서문회 정도의 고수가 작정하고 도망치는 걸 쫓는 건 무의미했다.

휘이잉!

바람이 불어와 연후의 전신을 사납게 할퀴고 지나갔다.

그때였다.

피식.

연후의 입가에 흐릿한 미소가 걸렸다. 뒤이어 의미심장한 독백이 입술을 뚫고 흘러나왔다.

"다시 한번 피눈물을 흘리며 무력감을 느끼게 될 쪽은 너다, 서문회."

휘리릭!

어둠을 가르며 백무영이 떨어져 내렸다. 뒤를 이어 악소와 철우 등이 차례로 달려왔다.

"주군! 무슨 일입니까?"

"서문회가 다녀갔다."

"예? 놈은 어디 있습니까?"

"놓쳤어. 작정하고 도망을 치는데 나라고 별수 있겠나."

백무영은 놀란 얼굴로 연후의 몸을 살폈다.

"멀쩡하니 다들 그만 돌아가지."

연후가 먼저 몸을 날렸다.

백무영이 그 모습을 지켜보며 슬며시 미간을 좁혔다. 악소도 미간을 좁히며 중얼거렸다.

"너무 담담하신 것 같은데……."

"그래. 내 눈에도 그렇게 보인다. 마치 서문회가 다녀가기를 일부러 기다리신 것처럼 말이야."

서백이 의아한 표정을 지었다.
"서문회는 왜 남만으로 가지 않고 이곳에 남았을까요? 설마 남만을 버리고 또 다른 세력을 찾으려고 중원에 남은 건 아니겠지요?"
철우가 대답했다.
"남만은 더 이상 위협적인 존재가 되지 못해. 누구보다 서문회가 그걸 잘 알고 있을 거다."
"그럼 역시 이용 가치가 떨어졌다고 생각해서 남만으로 가지 않았다고 봐야겠군요."
"나는 그렇게 생각한다."
"나 역시 같은 생각이야."
서백이 다시 고개를 갸웃했다.
"천하에 서문회가 탐낼 만한 세력이 또 있을까요? 아무리 생각해도 이젠 없는 것 같은데……."
그때 육손이 말하고 나섰다.
"월가를 지켜봐야 할까요?"
"월가는 걱정하지 않아도 될 거다. 주군께 구명지은을 입은 이후로 주군을 대할 때 야월의 눈빛과 분위기가 이전과 확연히 달라졌다. 원래 그런 자들이 한 번 마음이 돌아서면 쉽사리 바뀌지 않는 법이다."
"그렇긴 한데……."
"그만 돌아가자."

백무영이 어둠 속으로 몸을 날렸다.

뒤를 이어 악소와 서백이 몸을 날릴 때, 육손이 눈을 동그랗게 치뜨며 철우를 돌아봤다.

"제가 최근에 만리추종향보다 몇 배는 더 강력한 추종향을 만들었거든요?"

"그게 뭐 어쨌다는 거냐?"

"근데 어제 주군께서 그걸 달라고 하셔서 가져다 드렸습니다."

"뭐?"

철우의 표정이 변했다. 마치 뭔가를 깨달았다는 듯이.

육손이 말을 이었다.

"혹시 주군께서 저렇듯 담담하신 이유가 서문회에게 그것을 뿌려 두어서가 아닐까요?"

척!

철우가 육손의 머리에 손을 얹었다.

씨익.

"녀석, 이번에도 네가 큰일을 한 것 같구나."

* * *

서문회는 사천당가로 돌아가는 연후와 한곳에 모여 있는 백무영 등을 번갈아 응시하며 싸늘히 웃었다.

"왜 이 생각을 진즉에 하지 못했을까?"

서문회는 조금 전 흔들리던 연후의 눈동자를 떠올리며 더욱더 짙은 미소를 머금었다.

"피도 눈물도 없을 것 같던 놈의 치명적인 약점이 그 계집을 비롯한 저놈들이라는 것을 진즉에 깨달았더라면……."

천하의 누가 백무영 등이 연후의 약점이라 생각할 수 있을까?

약점이 아니라 오히려 그들이 연후의 가장 강력한 힘이라고 생각할 것이고, 실제로 지금까지 그러했다.

연후의 그림자라 불리는 그들이 북천의 가장 강력한 전력이라는 것은 천하만민(天下萬民)의 공통된 생각이리라.

불과 조금 전까지 서문회도 그리 생각했다.

씨익.

서문회의 얼굴에서 좀처럼 미소가 떠나지 않았다. 가장 확실한 복수의 방법을 찾은 것에 대한 희열이었다.

"이제부터가 진정한 복수의 시작이다. 기대해라, 이연후."

* * *

연후는 한송을 비롯한 팔대가문의 수장들, 그리고 혜몽

을 비롯한 무림맹의 인사들이 원탁을 두고 마주 앉았다.

그 자리에서 연후는 동영의 풍천을 언급했다. 풍천이 이전보다 더 강력한 전력을 구축했으며, 이는 곧 중원을 향한 이차 침공으로 이어질 수 있을 것이라는 내용이었다.

곳곳에서 한숨이 터졌다.

'또다시 전쟁이라니.'

모두의 공통된 생각이었다.

어느 정도 회복을 한 월가의 가주 야월이 가장 먼저 물었다.

"대지존의 뜻이 어떠한지 말씀해 주시지요."

모두가 뜻밖이라는 표정으로 야월을 응시했다. 평소의 야월이라면 회의에 참석을 하지 않거나 참석을 했더라도 무관심으로 일관했을 것이다.

연후는 차를 한 모금 마신 뒤에 입을 열었다.

"지난날 풍천이 저지른 가장 큰 실수는 해동을 건드렸다는 것이오. 그로 인해 해동이 우리의 전쟁에 참전하였고, 동영은 함대가 궤멸되는 치명적인 타격을 입고 제해권을 상실하고 말았소. 그것이 우리가 승기를 잡을 수 있었던 결정적인 계기가 되었음을 모두 기억하고 있을 것이오."

모두가 고개를 끄덕이며 수긍했다. 연후는 바로 자신의

생각을 꺼냈다.

“해서 동영은 이차 침공에 앞서 무슨 수를 써서라도 해동을 먼저 무너뜨리려고 들 것이오. 해동을 제거해야 등 뒤를 걱정하지 않아도 될 테니 말이오.”

야월이 다시 물었다.

“신뢰할 만한 정보임에 틀림없소?”

“한때 풍천의 측근이었으나, 그의 폭정을 견디지 못하고 반기를 들었던 신풍조의 수장이 본인의 휘하로 들어왔소. 그가 전한 정보이니 믿어도 될 거요.”

좌중이 술렁거렸다.

신풍조의 수장 흑월이 연후의 휘하에 들었다는 것은 당연히 놀랄 만한 사건이었다.

연후는 술렁이는 좌중을 응시했다.

그때 신휘의 전음이 흘러들었다.

[여기서부터는 내게 맡기지?]

연후는 신휘를 돌아봤다. 신휘가 흐릿하게 웃으며 찻잔을 입으로 가져갔다.

딸그락!

“본인의 생각은 이렇소.”

모두가 신휘를 주목했다.

신휘는 바로 말을 이었다.

“동영이 해동을 먼저 침공한다면 우리 중원으로서는

더없이 좋은 기회가 될 거요. 당장은 전장이 중원이 아니라 해동이 된다는 점이오. 다들 아시다시피 수차례 반복된 전쟁으로 중원은 너무 많은 피해를 입었고, 여전히 복구가 끝나지 않았소. 이런 상황에서 동영이 곧장 중원으로 쳐들어온다면 그 피해는 감히 상상조차 할 수 없을 정도가 될 것이오. 해서 본인은……."

신휘는 말끝을 흐리며 두 눈에 강렬한 의지를 담았다. 그러고는 단호한 어조로 말을 이었다.

"그에 정예 십만을 꾸려 해동을 돕고자 하오."

좌중이 다시 한번 크게 술렁거렸다.

신휘가 한마디 더 했다.

"도움을 받았으면 마땅히 보답하는 것이 도리가 아니겠소."

그때였다. 한 혈포인이 자리를 박차고 일어섰다.

신변에 문제가 생겨 남해군도로 돌아간 가주 적인회를 대신하여 전가의 병력을 이끌고 있는 장로였다.

"본 전가는 대공의 뜻에 무조건 찬성입니다! 이는 가주의 뜻이기도 하다는 것을 대지존께 전하는 바입니다!"

[역시 전가가 가장 적극적으로 나오는군.]

신휘의 전음에 연후는 묵묵히 고개를 끄덕였다. 동영에 한을 품고 있는 전가이니 무조건 찬성하고 나올 것이라 예상하고 있었다.

연후는 신휘가 고마웠다.

사실 해동에 병력을 파견하자는 말은 쉽사리 할 수 있는 게 아니었다. 자칫 잘못하면 분란의 소지가 될 수도 있었다.

그런데 신휘가 나서서 정리를 해 주니 연후로서는 그저 가만히 지켜보면 될 일이었다.

[고맙다, 친구.]

[내가 눈치가 좀 늘었어. 후후후.]

그때 야월이 다시 연후를 향해 물었다.

"대지존의 뜻도 그러하시오?"

"그렇소."

"단순히 해동의 도움에 대한 보답 차원이외까?"

"그뿐만은 아니오. 만약 동영이 해동과의 전쟁에서 승리한다면, 그들은 훗날 더 강해진 전력으로 중원을 침공할 것이오. 그에 본인은 이번 기회에 싹을 잘라 버릴 생각이오. 다시는 중원을 넘보지 못하게 말이오."

연후의 그 말에 야월이 모두를 놀라게 하는 말을 꺼냈다.

"우리 월가도 대지존과 대공의 뜻에 따르겠소!"

"본 귀령가는 이미 대지존께 뜻을 전했소이다."

"저희 검가도 역시 함께하겠습니다."

하나둘 찬성을 하고 나올 때, 황하수련의 우문적은 꾸

벅꾸벅 졸고 있었다. 어제저녁부터 아침까지 술을 퍼마신 까닭이었다.

모두가 눈살을 찌푸렸지만 연후는 신경 쓰지 않았다. 우문적은 무조건 함께할 위인이기 때문이었다.

"크흠! 본 혈가도 대지존의 뜻에 동참하겠습니다!"

혈가의 홍무를 마지막으로 모두가 의견을 밝힘으로써 해동을 돕는 것으로 결정이 났다.

다만 아직 나서지 않은 자들이 있었다.

혜몽을 비롯한 무림맹 소속의 인사들이었다. 혜몽이 머뭇거리다가 입을 열었다.

"저희 무림맹도 끼워 줍니까?"

신휘가 되물었다.

"끼워 주지 않을까 봐 걱정하고 있었나?"

"솔직히…… 그렇습니다. 워낙에 대단하신 분들이라서……."

혜몽의 어조에는 팔대가문을 향한 비아냥거림이 담겨 있었다.

그걸 모를 리 없는 혈가의 홍무가 대뜸 성을 내고 나왔다.

"그 입 조심하지 못할까!"

"아니, 내가 뭐랬다고 역정을 내십니까?"

"뭐라?"

탁!

연후가 손으로 탁자를 가볍게 내리치자 홍무가 마지못해 입을 다물었다.

연후는 혜몽을 비롯한 무림맹의 수장들을 차례로 응시했다.

"부탁하면 함께해 주겠소?"

그 말에 혜몽이 두 눈을 송아지만 하게 치켜뜨며 좌중을 향해 외쳤다.

"부탁이라니요? 허락만 해 주신다면 저희 모두는 사나운 개처럼 싸울 겁니다! 다들 아니 그렇소?"

"물론입니다!"

"저희도 함께하겠습니다!"

"허락해 주십시오!"

사실 연후는 무림맹은 데려가지 않을 생각이었다. 여전히 그들은 과거에 입은 피해를 회복하는 데 주력해야 할 때라 여겼다.

하지만 여기서 거부하면 상처가 될 수도 있다는 생각이 들었다. 또한 팔대가문과의 관계가 더 틀어질 수도 있었다.

"그럼 함께합시다."

"감사합니다! 아미타불! 부처님 만세! 크허허허!"

혜몽의 호탕하면서도 걸쭉한 웃음소리가 거처 밖으로

까지 흘러 나갔다.

그때까지도 우문적은 코까지 골아 가며 깊은 잠에 빠져 있었다.

"드르렁."

* * *

"해동을 돕기 위해 움직인다고 하더라."

"그럼 해동으로 넘어가는 건가?"

"그렇겠지. 한데 본 가는 제외되었다고 하더라. 피해 복구에 전념하라는 대지존의 배려라고 하던가? 아무튼 다행이지. 전쟁이 끝난 지 얼마나 되었다고 다시 전쟁이야. 으……."

사천당가 외곽.

전쟁 중에 전사한 연합군의 무사들을 찾아 움직이던 사천당가의 무사들 앞에 서문회가 나타났다.

"헉!"

"서, 서문회!"

사천당가의 무사는 다섯이나 되었지만 서문회는 그들이 어떻게 할 수 있는 존재가 아니었다. 순식간에 세 명이 죽고 두 명이 혈도를 제압당했다.

서문회는 제압을 한 두 무사를 숲 깊숙한 곳으로 끌고

갔다. 흡혈을 하기 위함이었다.

흡혈을 하기 전에 서문회는 한 무사의 아혈을 풀어 주고 대뜸 협박했다.

“조금 전에 나누던 대화 말인데…… 내게 하나 빠짐없이 자세히 말을 해 줘야겠다.”

“……!”

“팔 하나를 자르고 시작할까?”

서문회가 검을 들어 어깨에 얹었다. 그러자 무사가 황급히 입을 열었다.

“동영이 곧 해동을 침공하는데, 대지존과 팔대가문의 수장들이 해동을 돕기로 결정하셨소! 해, 해서 곧 병력을 다시 꾸려서 광동성으로 향할 것이라고 했소!”

“광동성에서 배를 타고 해동으로 넘어간다는 말이냐?”

“그, 그런 것 같소.”

‘해동이라…….’

뚝!

무사는 목이 부러지며 즉사했다.

서문회는 다른 무사마저 죽이고는 흡혈을 시작했다.

잠시 후, 흡혈을 끝낸 서문회는 서남쪽을 응시하며 회심의 미소를 머금었다.

‘어쩌면 꽤 재밌는 여행이 되겠군. 후후후.’

* * *

열흘이 지날 동안 현진은 깨어나지 못했다.

그나마 불행 중에 다행이랄 수 있는 것은 동방리의 뛰어난 의술 덕분에 죽음을 걱정하지 않아도 될 정도로 회복되었다는 것이다.

그리고 그러한 동방리의 ·의술에 큰 도움을 받은 이는 한 명 더 있었다.

쏴아아!

월가의 가주 야월은 억수처럼 쏟아지는 빗줄기를 바라보며 나지막이 숨을 골랐다.

"후욱!"

하루가 다르게 회복되어 가는 그는 이틀 전부터 심법을 운용할 수 있게 되었다. 오늘도 아침 식사까지 걸러 가며 혼자만의 공간에서 운기조식과 심법을 통해 무거워진 몸을 달래는 일에 전념했다.

또르륵.

한 줄기 땀이 뺨을 타고 흘러내려 턱 끝에 맺혔다. 야월은 천으로 얼굴을 흠뻑 적신 땀을 천천히 닦아 내고는 냉수를 마셨다.

그때 한 중년인이 들어섰다. 야화가 죽은 이후부터 야월의 곁을 지킨 인물로, 평소에도 야월에게 신임을 받던 사람이었다.

중년인은 탁자 위에 갖고 온 무복을 올려놓았다.

“새 옷으로 환복하시지요.”

“대지존은?”

“조금 전에 대공과 함께 산책을 나가셨습니다.”

“비가 이렇게 쏟아지는데 산책을 나가셨단 말이냐?”

“예.”

야월은 땀이 흥건한 무복을 걸친 채로 일어나 창문을 열어젖혔다.

덜컹!

쏴아아!

야월은 사천당가의 전경을 잠시 바라봤다. 중년인이 그 뒤에 조용히 시립했다.

“해동으로 넘어갈 병력이 이틀 전에 본가를 떠났다고 하였느냐?”

“예. 특별한 일이 없으면 이틀 후쯤이면 당도할 듯합니다. 하면 이곳에 머물고 있는 병력은 모두 본가로 돌려보내시겠습니까?”

“아니다. 모두 함께 해동으로 간다.”

“예? 그러면…… 다른 가문들보다 거의 두 배에 달하는 병력을 지원하는 셈이지 않습니까?”

“너는 내 목숨값이 어느 정도라고 생각하느냐?”

"……"

"나는 대지존께 큰 은혜를 입었다. 설사 따로 목적이 있었다고 해도 그는 수만에 달하는 적에게 둘러싸인 상황에서도 결코 나를 포기하지 않았다. 오히려 포기하려던 나를 일깨워 주었다."

중년인이 머리를 조아렸다.

"죄송합니다. 속하의 생각이 짧았습니다."

쏴아아!

바람에 휩쓸린 빗줄기가 야월을 덮쳤다. 하지만 무형의 기운에 막혀 그의 몸까지 닿지 못하고 날아갔다.

야월의 두 눈이 무겁게 가라앉았다. 뒤이어 단호한 어조로 말을 이었다.

"과거로 돌아갈 것이다."

"……예?"

"과거의 우리는 백야벌의 충실한 수호 가문으로서 어떤 가문보다 최선을 다해 백야벌을 보필했다. 그때로 돌아갈 것이라고 했다."

파르르…….

중년인의 두 눈이 가늘게 흔들렸다.

세상이 모르는 뭔가가 있는 것일까? 중년인의 얼굴에 이내 그늘이 드리웠다.

"장로원이 걱정되느냐?"

"솔직히…… 그렇습니다. 그분들은 결코 가주의 뜻을 허락하지 않을 것입니다."

꿈틀.

야월의 눈썹이 칼날처럼 휘어졌다. 뒤이어 두 눈이 불꽃을 담아 갔다.

"그들의 허락 따위는 필요치 않다. 내가 뜻을 세웠으면 마땅히 그들이 나를 따라야 할 것이다. 따르지 않겠다면……."

말끝을 흐리는 야월.

중년인의 얼굴에 드리운 그늘이 더욱 짙어졌다.

그때였다.

"식사는 하셨소?"

한 줄기 굵직한 목소리와 함께 누군가 야월의 앞에 나타났다. 황태였다.

결기를 머금었던 야월의 얼굴이 풀어지며 입가에 흐릿한 미소가 맺혔다. 그에게 구명지은을 베푼 사람은 연후만이 아니었다. 황태와 철우도 은인이었다.

"아직 식전이오만."

"그래요? 그럼 같이 밥이나 먹으러 갑시다. 오다가 냄새를 맡아 보니 오늘 찬이 끝내주는 것 같던데 말이오."

중년인이 황급히 나섰다.

"가주께서 하찮은 무사 식당에서 식사를 하실 순 없……."

그의 말은 이어지지 않았다. 야월의 말이 앞섰기 때문이다.

"하면 환복만 하고 바로 나가겠소."

잠시 후 야월은 환복을 하고 밖으로 나섰다. 황태가 그의 얼굴을 살피고는 특유의 웃음을 머금었다.

"안색을 보니 꽤 좋아지신 것 같소?"

"동방 가주 덕분이 아니겠소. 하면 어서 가십시다."

"무사 식당에서 식사는 해 보셨소? 귀빈들에게 제공되는 것과는 하늘과 땅 차이일 텐데……."

"처음이라 더 기대하고 있소."

씨익.

"그럼 가 볼까요?"

황태와 야월은 나란히 걸었다.

그렇게 얼마나 걸었을까? 저만치 앞에서 누가 손을 흔들며 나타났다. 우문적이었다.

황태를 향해 손을 흔들던 우문적이 야월을 보고는 쌍심지를 켰다.

"어이, 당신은 왜 오는 거야! 여긴 당신이 올 곳이 아니니 썩 돌아가라고!"

"밥 먹으러 가는 길이니 비켜라, 우문적."

"하이고. 귀한 양반이 무사 식당에서 밥을 먹겠다고? 이거 내일은 해가 서쪽에서 뜨겠네."

"그럴지도 모르지."

옛날부터 사이가 좋지 않았던 두 사람이었다.

황태는 둘을 번갈아 쳐다보며 한숨을 푹 내쉬었다.

* * *

신휘와 산책을 마치고 돌아온 연후는 곧장 현진이 있는 곳으로 향했다.

동방리와 서령이 그를 맞았다.

"깨어났소?"

"아뇨. 그래도 기혈의 움직임은 거의 정상으로 돌아온 것 같아요."

"식사는 하셨소?"

"이제 먹으러 가려고요."

"내가 지키고 있을 테니 어서 다녀오시오."

"그럼 부탁할게요."

동방리와 서령이 밖으로 나가자 연후는 현진이 누워 있는 방으로 들어갔다.

현진은 잠을 자듯 평온한 모습이었다. 밀랍처럼 창백했던 안색도 홍조가 도는 것을 보니 내상도 거의 완쾌된 것 같았다.

연후는 의자를 끌어다가 현진의 옆에 앉았다.

그러고는 이불 속으로 손을 넣어 현진의 손을 잡았다. 체온이 손끝을 통해 전해졌다.

연후는 나지막이 한숨을 내쉬며 말했다.

"언제까지 이러고 있을 거냐. 얼른 일어나야지."

연후는 그렇게 한동안 현진을 손을 놓아주지 않았다.

그러기를 다시 일각쯤 지났을까?

꿈틀.

착각일까? 현진의 손이 움직인 것 같았다.

연후는 눈을 치뜨며 현진의 얼굴을 내려다봤다. 눈꺼풀이 움직이고 있었다.

"정신이 드느냐?"

연후는 현진의 손을 가볍게 흔들었다. 그러자 서서히 눈꺼풀이 올라가며 현진이 눈을 떴다.

둘의 시선이 얽혀들었다.

워낙에 오랫동안 의식을 잃고 있었던 까닭에 한순간에 시력이 돌아오지 않은 것일까?

현진은 한동안 아무 말이 없었다.

"나다, 현진. 알아보겠느냐?"

현진의 눈동자가 살짝 흔들리는가 싶더니 연후의 가슴을 무너뜨리는 말이 흘러나왔다.

"당신이 왜……."

"……!"

"당신이 어떻게, 왜 나를 찾아왔소?"

파르르…….

연후는 눈빛을 떨었다. 현진의 저 눈동자는 과거 자신이 그를 찾아갔을 때 지었던 것과 똑같은 감정을 담고 있었다.

"다시는 보고 싶지 않으니 이 손 놓고 그만 돌아가시오."

연후는 알 수 있었다. 현진의 기억이 과거 자신을 증오할 때로 되돌아가 멈춰 버렸다는 것을.

가슴이 아려 왔다.

하지만 연후는 웃었다.

'깨어나 줘서 고맙다, 현진.'

* * *

"녀석의 그때 이후의 기억을 전부 잃었다고?"

"그래."

신휘가 미간을 좁히며 쓴웃음을 지었다.

"곤란하게 되어 버렸군."

"됐어. 살아난 것만도 감사할 일이지. 녀석과의 관계는 다시 시작하면 된다."

"또 삼고초려냐?"

"열 번이라도 시도할 수밖에."

"뭐, 어쨌든 살아났으니 됐어. 자네 말처럼 관계야 다시 만들어 나가면 될 일이고. 어쨌든 한시름 놓았어. 후후후."

신휘가 비로소 웃었다.

연후는 찻잔을 입으로 가져갔다.

딸그락.

신휘가 다른 말을 꺼냈다.

"곰곰이 생각을 해 봤는데…… 자네 말대로 나는 중원에 남는 게 좋겠어. 우리 둘 다 없으면 무슨 일이 생길지 모르니까."

"고집을 꺾어 줘서 고맙군."

"어쩌겠나. 현실이 그러한 걸."

신휘는 씁쓸히 웃었다.

연후는 신휘에게 백야벌에 남으라고 했었고 신휘는 해동에 가겠다고 고집을 부렸었다. 그 고집을 오늘 꺾은 것이다.

"필요하면 혈왕군은 데려가도록 해."

"혈왕군이 자네 곁에 남아 있어야 내가 안심하고 해동으로 갈 수 있어."

"혈왕군까지 남으면 또 우리 북천만 병력을 보내지 않는다고 말이 나오지 않을까?"

"남 총사의 수군이 함께 가잖아."

“아, 그렇지! 뭐, 그럼 됐고.”

연후는 남은 차를 마저 비우고는 다른 말을 꺼냈다.

“요녕성에 주둔 중인 북로사령부도 잘 살펴보도록 해.”

“그러지.”

그때였다.

“주군, 우문 가주와 황 공께서 드셨습니다.”

“모셔라.”

문이 열리고 우문적과 황태가 들어섰다. 우문적이 손에 들고 있던 술병을 내려놓으며 껄껄 웃었다.

“군사가 의식을 되찾은 기념으로 한잔합시다!”

* * *

휘이잉!

“흐흡.”

현진은 냉기를 머금은 바람을 크게 들이켰다.

아직 일어서면 안 되는 상태였지만 그는 창틀에 손을 얹고는 어둠에 휩싸인 세상을 내다봤다.

‘내가 그자의 군사가 되었다고?’

현진은 이 상황이 혼란스러웠다.

긴 잠을 자고 일어난 것 같은데 연후가 앉아 있었다. 이후 서백과 육손을 통해 모든 것을 전해 들었고, 혼란은 그때부터 지금껏 현진을 괴롭히고 있었다.

현진의 기억에 남아 있는 연후는 이 세상 누구보다 잔혹하고 냉정하며, 원하는 것을 위해서라면 수단과 방법을 가리지 않는 악인이었다.

그런데 그의 군사가 되었다니.

서백과 육손이 찾아왔을 때 더 많은 것을 물어보고 싶었지만 안정을 취해야 한다는 동방리의 말에 둘이 돌아가는 바람에 의문은 여전히 산더미처럼 쌓여 있었다.

'내가 그자를 주군으로 모시다니…….'

그때였다.

"형님."

저만치 앞에서 육손이 다가왔다.

"바람이 차가우니 어서 창문을 닫으세요."

"잠시 얘기를 나눌 수 있겠소?"

"안정을 취하셔야 합니다. 하니 궁금한 점이 있어도 며칠만 참으세요. 하면 제가 다 말씀드릴게요."

"그 며칠을 도저히 참기 힘들 것 같아서 그러니 어서 들어오시오."

"안 되는데……."

육손은 어쩔 수 없이 안으로 들어갔다.

잠시 후 둘이 서로를 마주 보며 앉았다. 그 자리에서 육손은 현진이 궁금해하는 모든 것에 대해 자세히 이야

기해 주었다.

말을 마친 육손이 머리를 긁적이며 난감해했다.

"사실 주군께서는 당분간 아무 말도 하지 말라고 하셨습니다. 형님께서 꽤 혼란스러워하실 것을 걱정하시면서요."

"……."

현진은 말이 없었다.

모든 설명을 들은 이후부터 더 이상 육손의 말이 귀에 들어오지도 않았다.

'내가 진심으로 그를 따랐다니…….'

모든 것을 전해 들었지만 오히려 더 혼란스러웠다. 연후가 대체 무엇을 어떻게 했기에 자신이 진심을 다해 그를 따랐을까. 치가 떨리도록 싫었던 그를.

그때였다.

"들어가도 될까?"

연후의 목소리가 문밖에서 흘러들었다.

육손이 현진을 응시했다.

"오늘은 이만 쉬고 싶소."

"알겠습니다."

육손이 일어나 문을 열고 밖으로 나섰다. 그러고는 난감한 표정으로 말했다.

"여전히 혼란스러워하고 계십니다. 오늘은 그냥 돌아가시는 것이……."

연후는 말없이 방문을 응시하다가 그냥 돌아섰다.

육손이 곁을 따르며 물었다.

"해동으로는 언제 넘어갑니까?"

"일단 닷새 후에 광동성으로 출발하기로 했다. 그곳에서 대기하면서 동영의 움직임을 살필 생각이다."

"현진 형님은……."

"마차에 태워서라도 데려간다."

"예?"

"남겨 두고 떠나면 더 혼란스러워할 거다. 하니 함께하면서 풀어야지."

"아, 그게 좋겠군요."

연후가 다른 것을 물었다.

"독은 최대한 많이 만들고 있겠지?"

"예. 당 가주께서 도와주셔서 예상보다 더 많이 만들 수 있을 것 같습니다."

"그래도 최대한 더 많이 만들도록 노력해 봐."

"옙."

잠시 후 연후는 동방리의 거처로 들어갔다.

육손은 연후의 뒷모습을 물끄러미 응시하다가 특유의 해맑은 미소를 지었다.

"시간이 흐르면 다시 두 분도 예전처럼 되시겠지."

* * *

해동 부산포.

철썩!

쏴아아아…….

이정무는 만월이 내려앉은 바다를 응시하며 술잔을 기울였다.

"한 병 더 가져올까요?"

"좋지."

"금방 갖고 오겠습니다."

박찬이 밖으로 나섰다. 이정무는 다시 바다로 시선을 던졌다.

수평선 위로 전함이 유유히 떠다니고 있었다. 풍천이 동영을 다시 장악했다는 첩보를 입수한 이후부터 이정무는 해상의 경계를 더욱 강화하라는 명령을 내려놓은 상태였다.

또한 소형선들로 하여금 최대한 먼 남쪽까지 내려가 정찰에 최선을 다하라는 명령도 내려놓았다.

'대마도가 문제인데…….'

만일 풍천이 대마도를 먼저 공격해 오면, 과연 그곳에 있는 병력만으로 버틸 수 있을지가 걱정이었다.

그렇다고 자신이 그곳에 가 있자니, 풍천이 곧장 부산

포나 전라도 쪽으로 치고 들어올 가능성도 배제할 수는 없었다.

그렇게 이정무가 근심에 잠겨 있던 그때, 박찬이 돌아왔다. 한데 그는 어째선지 잔뜩 놀란 표정이었다.

"대장군!"

"표정이 어째 그 모양이냐?"

"그게, 신풍조장이 찾아왔습니다!"

"뭐?"

그때 흑월이 안으로 들어섰다.

이정무는 미간을 좁히며 흑월을 직시했고, 흑월은 그를 향해 머리를 조아렸다.

잠시 어색한 침묵이 흘렀다.

침묵은 이정무가 깼다.

"살아 있으면 되었다."

"……."

"거기 앉아."

흑월이 자리에 앉자 이정무는 빈 잔에 술을 채워 내밀었다.

흑월은 말없이 술잔을 비웠다. 이정무도 말없이 다시 빈 잔에 술을 채워 주었다.

쪼르륵.

흑월은 한 잔을 더 비우고서야 입을 열었다.

"……면목 없습니다."

"됐어. 나도 네 수하들을 통해 어느 정도는 들어서 알고 있다. 네 입장에서 그 정도면 최선을 다한 것이니 미안해할 거 없다."

"……."

"대법 때문에 중원에 갔던 건가?"

"예."

"대지존은 만났고?"

"예."

"대법은."

"처음부터 대법 같은 것은 없었다고 하셨습니다."

"……!"

살짝 두 눈을 치뜬 이정무가 이내 웃었다.

"역시 그 양반답군. 후후후. 네가 꽤 허탈했겠구나."

"괜찮습니다."

"한데 동영으로 돌아가지 않고 나를 찾아온 이유는 뭐지?"

"주군께서 대장군을 도와 드리고 있으라 하셨습니다."

"주군? 지금 대지존을 말하는 건가?"

"예."

이정무가 다시 두 눈을 살짝 치떴다. 그리고 이번에는 꽤 크게 웃었다.

"하하하!"
탁!
이정무가 웃음을 그치더니 손으로 탁자를 가볍게 내리치며 흑월을 직시했다.
"필요에 의해서 그를 주군으로 모신 것이 아니어야 할 것이다."
"진심입니다."
"믿어도 되겠지?"
"믿으십시오."
"좋아. 그러면 오늘 제대로 한번 마셔 보도록 하지. 찬아."
"예?"
"가서 술을 더 가져오고 찬도 좀 들이도록 하거라. 철이하고 강회도 오라고 전하고."
"알겠습니다."

* * *

다음 날 아침.
흑월은 찬란하게 떠오르는 태양을 응시하며 나지막이 한숨을 내쉬었다.
여명이 흑월의 두 눈을 붉게 물들였다. 붉게 물들어가

는 눈동자 깊숙한 곳에 단호한 결기가 서려 갔다.

'이곳 해동에서 너를 죽여 주겠다, 풍천.'

간밤의 술자리에서 이정무가 그랬다. 풍천의 해동 침공이 임박했다고.

흑월은 하루라도 빨리 그날이 오기를 바랐다.

그때였다. 뒤에서부터 전해진 인기척에 흑월은 눈빛을 고쳤다.

"빨리 일어났군."

이정무가 다가왔다. 그는 흑월의 옆으로 다가서며 붉게 변해 버린 수평선을 바라봤다. 그러고는 조금은 결연한 어조로 말했다.

"지금껏 저 바다가 뚫린 적은 한 번도 없었다. 이후에도 그럴 것이다."

"제가 도울 수 있게 해 주십시오."

"물론 그래야지."

"하면 해전에 함께해도 되겠습니까?"

"그것 역시 허락하마."

"감사합니다."

이정무가 흑월을 돌아봤다.

"어쩌면 네 동료였던 자들을 죽여야 할 수도 있다. 혹시라도 자신이 없으면 언제든 말하도록 해."

"동영에 더 이상 제 동료는 없습니다."

이정무는 흐릿하게 웃으며 흑월의 어깨를 다독거려 주었다.

"밥이나 먹으러 가지."

"저는 아침을 먹지 않습니다."

"지금부터라도 습관을 고치도록 해. 하루 세 끼 꼬박꼬박 챙겨 먹고, 바다를 순찰할 때 너와 네 수하들도 함께 하도록 해."

"……."

"전우는 전장에서 죽는 그 순간까지 모든 것을 함께해야 하는 법이다."

(북천전기 31권에서 계속)